BASTEI
LÜBBE
TASCHENBUCH

Weitere Titel der Autorin:

Mutti allein zuhaus.

Titel auch als E-Book erhältlich

Über die Autorin:

Lotte Kühn alias Gerlinde Unverzagt ist alleinerziehende Mutter von vier Kindern und freiberufliche Journalistin. 2006 veröffentlichte sie den Bestseller Das Lehrerhasserbuch. Seither gilt sie als Expertin in Erziehungsfragen, bei Radioeins wird sie als Erziehungsberaterin zu Wort gebeten, sie schreibt u.a. für die Zeitschriften Psychologie heute, Berliner Morgenpost und ist Kolumnistin in der Stuttgarter Zeitung.

Lotte Kühn

50 ist das neue 30

Das Jahr, in dem ich beschloss,
doch nicht alt zu werden

BASTEI LÜBBE
TASCHENBUCH

BASTEI LÜBBE TASCHENBUCH
Band 60820

MIX
Papier aus verantwortungsvollen Quellen
FSC® C083411

Dieser Titel ist auch als E-Book erschienen.

Originalausgabe

Die notwendigen Fragen, Seite 136–137,
mit freundlicher Genehmigung der Autorin/des Verlags, zitiert nach:
Luisa Francia: Zaubergarn, Verlag Frauenoffensive, München 1989

Textredaktion: Dr. Ulrike Strerath-Bolz, Friedberg
Titelillustration: © getty-images/juanmagarcia
Umschlaggestaltung: Mediabureau di Stefano, Berlin
Satz: hanseatenSatz-bremen, Bremen
Gesetzt aus der Adobe Caslon Pro
Druck und Verarbeitung: CPI books GmbH, Leck – Germany

ISBN 978-3-404-60820-1

5 7 9 8 6

Sie finden uns im Internet unter
www.luebbe.de
Bitte beachten Sie auch: www.lesejury.de

1. April

Schon wieder dreißig! So launig fangen meine Geburtstagseinladungen an, und das schon seit vielen Jahren. Anfangs fand ich das witzig, später toll ironisch und habe insgeheim darauf gesetzt, in der Verleugnung der grassierenden Altersverleugnung einen souveränen Standpunkt durchblitzen lassen zu können. Einen Hauch von Protest wollte ich damit bekunden angesichts der merkwürdig wolkigen Befangenheit, die sich jenseits der dreißig einstellt und selbst rundum vernünftige und kein bisschen jugendwahnsinnige Menschen dazu bringt, ihr wahres Alter nicht mehr nennen zu wollen. Als handelte es sich um eine geheime Kennziffer, an der sich bestimmte Qualitäten ablesen lassen. Dabei haben wir doch alle als Kinder schon in den ersten Wochen nach dem vierten, siebten oder neunten Geburtstag stolz und vorfreudig verkündet, wir seien jetzt fast fünf, acht oder zehn! Die Zeiten, in denen jedes Jahr mehr auf dem Zähler neue Freuden und vor allem neue Freiheiten brachte und man den nächsten Geburtstag kaum erwarten konnte, scheinen endgültig vorbei zu sein. Irgendwo auf der Strecke zwischen der ersehnten Volljährigkeit und dem dräuenden dreißigsten Lebensjahr wird offenbar der Umkehrschub eingelegt und die Freude am Wachsen und Größerwerden geht verloren.

Wer hat uns diesen koketten Blödsinn eingeflüstert, dass wir die verlautbarte Jahreszahl klein halten und immer jung und schön aussehen müssen, damit man uns ein interessantes und aufregendes Leben zutraut? Wer hat uns eigentlich eingetrichtert, dass wir Frauen nur noch als attraktiv durchgehen, wenn wir ab dreißig, vierzig oder spätestens fünfzig auf zehn Jahre jünger machen? Frauen lügen und schweigen notorisch über ihr Alter in der Hoffnung, der Behauptung von Angesicht zu Angesicht standhalten zu können. Früher haben wir auch schon mal über unser Alter gelogen, um in Clubs und Discos und Filme reinzukommen oder Spirituosen zu erwerben, für die andere uns für zu jung hielten. Bei solchen Gelegenheiten haben wir steif und fest behauptet, schon lange sechzehn oder achtzehn zu sein.

Hört das denn nie auf? Darf man nicht einfach mal so alt sein, wie man ist, um zu bekommen, was man will? Vielleicht steht ja das am Urgrund der Schwindelei: Nicht die Jahreszahl muss man wegmogeln, sondern die Begrenzung und Fremdbestimmung überwinden, die damit einhergeht, wenn es mal wieder heißt: In deinem Alter solltest du … und zack, geht die Schublade zu. Dabei könnten mir die Schubladen der anderen noch ganz egal sein, aber immer wieder springt in meinem eigenen Kopf eine Schublade auf und heraus springt eine übellaunige Unke, die mich mit ihren boshaften Kommentaren nervt. Genüsslich streut sie Salz in meine Wunden, fährt mir in die Parade und tröpfelt Wermut in meine besten Absichten. Ich brauche sie so nötig wie einen Kropf, schon damals nicht. Immer wenn ich auf eine Party gehen wollte, rechnete sie mir die überzähligen Kilos, die Pickel, die strähnigen Haare vor, bis ich's sein ließ und zu Hause blieb. Irgendwann vor vielen Jahren ist sie verschwunden, jetzt ist sie wieder da. Und ich habe keine Ahnung, wie ich sie wieder loswerden könnte. Auch das noch! Kriegt man es denn nie mit sich und seinen eigenen Wünschen, sondern nur mit den Bildern zu tun, die andere sich von einem machen, wenn man mit vierzehn gerne Wodka kaufen und mit vierzig gerne Miniröcke und Jeansjacken statt Hosenanzügen tragen möchte oder sich mit fünfzig immer noch von zarten Röschen auf Sommerblusen magisch angezogen fühlt?

Die haben dir doch früher auch schon nicht gestanden!

»Act your age« heißt es, und so verlangen andere, wir sollten ihre Vorstellungen davon bestätigen, was in einem bestimmten Alter angemessen ist und was nicht. Dass wir eigene Vorstellungen und eigene Haltungen entwickeln, ist in dieser Scharade nicht vorgesehen. Es mag dahingestellt bleiben, ob es in Ordnung ist, dass Sechzehnjährige bei uns zwar keinen Schnaps kaufen dürfen, aber man sich durchaus für ihr kommunales Wahlrecht oder den Führerschein auf Probe öffentlich stark macht. In den USA dürfen Achtzehnjährige noch immer keinen Schnaps kaufen, aber sie dürfen in den Krieg geschickt und totgeschossen werden.

Was sich für Frauen in welchem Alter gehört und was nicht, ist noch viel undurchschaubarer. Doch aus allen Rohren wird gefeuert, auf allen Kanälen gewispert: Da wird gelogen und betrogen, bemäntelt und verborgen, da werden alle möglichen Geschichten erfunden, nur damit man möglichst oft zu hören bekommt, was an Supermarktkassen neuerdings auf Plakaten höhnt: Dein Alter sieht man dir gar nicht an. Oder beim überraschenden Wiedersehen nach Jahren: Du hast dich aber gut gehalten! (Und hinterm Rücken: Manno, die ist aber auch alt geworden!) Immer wieder gern gehört: Du siehst aber richtig gut aus für dein Alter.

Wieso für mein Alter? Ist mein Alter an sich schon hässlich? Ich möchte schön und klug und beliebt sein, ganz einfach. Oder meinetwegen auch hässlich und dumm und einsam, aber beides unabhängig von meinem Alter.

Irgendwann habe ich meine immer gleiche Geburtstagseinladung noch ein bisschen nachgewürzt und mit einem goldenen

Versprechen zum Verlauf der Party gekrönt: Wer's glaubt, wird selig! Und jetzt kann ich mir den Quatsch allmählich sparen. Ich werde bald neunundvierzig, na und? Ist doch nichts dabei – außer, dass ich in einem Jahr dann fünfzig werde. Es ist nicht nur eine Zahl, wer immer das auch behauptet. Sondern eine Wirklichkeit, die sich heranschleicht und immer wieder plötzlich im Bewusstsein detoniert. Es liegen mehr Jahre hinter mir als vor mir, und ja, der Tod rückt näher. »Too old to die young«, wie Johannes, der immer noch darauf besteht, als Joe angesprochen zu werden, einem Gastgeber vor Kurzem zu dessen fünfzigsten Geburtstag gratulierte, zu dem ich eingeladen war. Eine etwas jämmerliche Replik auf unsere wilden Zwanziger, in denen wir alle mehr oder weniger überzeugte Vertreter des stilisierten Lebensüberdrusses waren. Mittlerweile sind wir klüger geworden: Noch schlimmer, als alt zu werden, ist, nicht alt zu werden. Genau genommen gibt es nur eine einzige Möglichkeit, für immer neununddreißig zu bleiben – und die ist nicht attraktiv. Deshalb bin ich sehr zufrieden vierzig geworden. Das starke Gefühl, mitten im Leben zu stehen, gestresst, aber energiegeladen, stark und unbesiegbar, hat's mir leicht gemacht, das Älterwerden einfach zu vergessen. Doch den kommenden Jahren jenseits der Fünfzig traue ich noch nicht über den Weg.

Joe seufzte, lächelte gequält und nahm einen Schluck Rioja. Dass man als freier Künstler wie er jetzt bei Google seinen Geburtsjahrgang schönen müsse, um überhaupt noch beruflich ernst genommen zu werden, hat er später gestanden. Dann schüttelte er seinen Kopf mit dem spärlichen Haar, das in einem dünnen Zopf bis zu den hängenden Schultern reicht. Die Lederjacke konnte den Bauch zwar ein wenig verbergen, gab aber trotzdem den Blick auf die Harley Davidson frei, die auf seinem T-Shirt prangte. Sie schien den steilen Hang des dicken Bauches, der sich unter ihren Rädern wölbte, kopfüber herauftuckern zu wollen. Gleich seufzten etliche andere Gäste mit, andere rollten mit den Augen, richtig gelacht hat keiner. Und wenig später kursierten schon wieder intime Geständnisse über Arztbesuche, die den Stellen am Körper galten, die jetzt wehtun. »Well my friends are gone and my hair is grey. I ache in the places where I used to play«, singt Leonard Cohen in *Tower of Song*.

Alle haben irgendwas: Rücken, Schulter, Nacken. Alle machen irgendwas: Yoga, Pilates, Fitnessstudio, Schwimmen. Und auf allen runden Geburtstagen in dieser Liga, die es neuerdings zu feiern gilt, sickert das Thema in die Gespräche, Witze und Sprüche und verdrängt die Leichtigkeit. Ist man so jung, wie man sich fühlt? Oder doch so alt, wie es im Pass steht?

Mich irritiert unsere neue Beschlagenheit in diesen Dingen, die wir in Bezug auf Krankheiten, Therapien und Prognosen vorweisen können. Zweifellos lückenhaft und laienmäßig, aber wir haben ein Faible für Fachbegriffe und Details, das mich nervös macht: Craniosacraltherapie, Cox-Arthrose, Hypertonie, Spiraldynamik, Chirotaping, Mikroneedeling, Discus Prolaps. Wir können nicht nur schlechter sehen, sondern vergleichen die Dioptrien-Zahlen unserer Lesebrillen, können die systolischen Normwerte unseres Blutdrucks herunterbeten, mit beunruhigenden Fakten aufwarten und unter Berufung auf den letzten Hörtest aufs Dezibel genau das Defizit aufsagen.

Ich kann mir nicht helfen. Riecht das Alter nicht etwas schlecht, nach Pipi, Verfall und Langeweile? Je nach Blickwinkel und eigenem Alter beginnt es jenseits der Fünfundzwanzig, Vierzig, Fünfzig. Als geriete man völlig überrumpelt in einen Hinterhalt, in dem ein Sog lauert, dem man von nun an so gut es geht standhalten muss, aber letztendlich nicht entgehen kann. Es hieß doch mal: Alt ist, wer fünfzehn Jahre älter ist als ich.

Jetzt bugsiert uns eine dunkle Macht an einen zugigen Ort, an dem wir eigentlich nicht sein wollen, bestimmt die Gesprächsthemen, lenkt die Gedanken, taucht die Ereignisse in ein anderes Licht, legt einen dunklen Firniss übers Gemüt und Plissee über die Haut. Da hilft es auch nicht, sich über die Klischees lustig zu machen, die Medien so gern hochjazzen: Siebzigjährige wie Chuck Norris, die Actionfilme drehen, zweiundachtzigjährige Marathonläufer, die tatsächlich durchs Ziel rennen, hyperaktive, unnachgiebig fit trainierte, leistungsstarke Frauen jenseits der Fünfzig, tiefenentspannte Silver-Ager in beigefarbenen Klamotten, die mit wonniger Konsumlust in ihr letztes Lebensdrittel rauschen, glatzköpfige Berufsjugendliche, die angestrengt der längst vergangenen Jugend hinterherzappeln, unnatürlich glatte Gesichter stark geschminkter Frauen mit erstarrten Mienen, in denen kein Spiel mehr wohnt, oder Werbe-Ikonen wie der coole Graubart (oder peinliche Lustgreis?) Friedrich Liechtenstein, der seit seinem Internetspot »Supergeil« unwidersprochen behaupten darf: »Alt sein ist sehr cool, sehr funky.« Soll ich jetzt auch im Keller pfeifen? »Fünfzig ist das neue Dreißig!«

5. April

Alter ist kein Zustand, sondern ein Werden. Ha! Und zwar von Anfang an. Meist unmerklich, dann in Schüben eilt der Körper voran, während Geist und Seele sich bemühen, Schritt zu halten und in das neue Alter hineinzuwachsen. So stelle ich mir das manchmal vor. Den Kindern geht's nicht schnell genug, den Erwachsenen viel zu schnell. Bis vor Kurzem habe ich noch nicht einmal gemerkt, dass ich einmal ganz jung gewesen bin und später weniger jung und jetzt nicht mehr jung und noch nicht alt. Vielleicht ist das ja die Jugend: Vielleicht dauert sie nur so lange, wie sie selbstverständlich ist, und dass sie vorbei ist, merkt man innerlich daran, dass man über sie nachdenkt. Äußerlich sieht man's natürlich viel früher. Wo ich mich doch so oft in meinem Leben schon alt fühlte, müde, fertig, erschöpft und verbraucht – welcher Zauber erspart mir jetzt die Angst vor dem Vorbei, dem Nie-wieder, diesen dummen Worten?

Ich versuch's mal: Süßer Vogel Jugend, du kannst mich mal.

Mein Geburtstag rückt näher, und ich grüble immer noch darüber nach, was ich jetzt wieder Originelles auf die Einladung schreiben könnte. »Save the date« war schon mal ganz gut, und mir gefällt der kleine angelsächsische Doppelsinn. Rettet den Termin! Spar's dir auf! Geburtstage haben mich bislang nur insoweit interessiert, als sie willkommene Anlässe abgaben, es richtig krachen zu lassen. Partys, wilde ausgelassene Partys auf höchstem Niveau und die beste Ausrede dafür, das Niveau später noch tiefer sinken zu lassen als sonst erlaubt. Jetzt erlebe ich ein Fuffzigerfest nach dem anderen und keines ohne wortgewaltige Altersbeschwerdeführer. Es geht um Zahnimplantate, Hörgeräte, Gleitsichtbrillen, wo bis vor Kurzem noch über Musikgeschmack gestritten, mit Sexabenteuern geprahlt, das Schweinesystem und seine Finanzämter verwünscht oder möglichst unterhaltsam über neue Phasen im ach so phasenreichen Leben mit Kindern gestöhnt wurde. Finden wir jetzt denn nur noch unter dem Gesetz der großen Zahl zusammen, die es nach Leibeskräften so lange wie möglich zu vertuschen und dann trotzig mit großem Tamtam zu feiern gilt?

Nicht mehr jung und noch nicht alt. Aber älter. Wie viel Angst hat schon die Grammatik vor dem Alter, wenn sie »alt« in der Steigerung das Gegenteil davon bedeuten lässt. Älter heißt jünger, noch nicht so richtig alt. Mittelalt eben, was nur beim Gouda Qualität verbürgt. Aber bei mir? Nicht Fisch und nicht Fleisch, geht mir durch den Kopf, und auf den Vorgebirgen des mittleren Alters hole ich tief Luft und mache mir Mut. Komplettgleichgültigkeit gegenüber dem Geburtsjahr des Gegenübers und lässiges Altern, das wäre doch die angemessene Haltung. Doch wie kommt man dahin? Eigentlich habe ich keine Lust, meinen neunundvierzigsten Geburtstag groß zu feiern. Vielleicht sollte ich es einfach sein lassen und alles absagen.

7. April

Ich hab's. Die rettende Idee geht so: Die Party fällt aus. Nächstes Jahr kann ich ja feiern, dass ich fünfzig bin, und vorab nassforsch zum Sechzigsten einladen. Das könnte ein Spaß werden … Wenn ich das überzeugend rüberbringe und gestehe, in Wahrheit schon sechzig zu sein, wird's Komplimente für mich wie rote Rosen regnen …

Diese Idee ist natürlich ausgesprochen albern, aber für den Moment habe ich Freude an diesem tollen Trick. Save the date, ich spare mir den Tag und nehme mir Zeit zum Älterwerden. Ein Jahr lang könnte ich mir genau ansehen, was da eigentlich passiert, und versuchen, dabei meine zwiespältigen Gefühle auf den Stand der Dinge zu bringen. Detailliert körperliche Veränderungen aufzeichnen (igitt! Nein, das mach ich nicht!) und versuchen, die damit einhergehenden Gedankengefühle und Gefühlsgedanken einzufangen und im Tagebuch festzuhalten. Vielleicht wachsen ja auch bei mir Geist und Seele in den alternden Körper hinein. Das wäre vielleicht eine Möglichkeit, nicht nur Opfer, sondern auch Nutznießer dieser Veränderung zu werden. Ich möchte immer noch gerne daran glauben, dass das Altwerden nicht nur zum Fürchten ist. Das kann man ja mal versuchen: Ein Protokoll in eigener Sache, so wie andere das getan haben, die eine krasse Diät machen, schwanger sind, mit dem Rauchen aufhören, den Fernseher verschenken, den Facebook-Account löschen, das Handy wegwerfen oder ausprobieren, wie sich ein Jahr Verzicht auf Plastiktüten, elektrischen Strom, Schminke, Karriere, Spiegel, Fleisch anfühlt. Oder eben Jugend.

»Verstehe«, lachte DHL, dieser wunderbare Mann, dem ich auch heute wieder ins Hotelzimmer folgen werde, sobald wir alles aufgegessen haben. Kann's kaum erwarten, mein Stundenglück. Er ließ Messer und Gabel sinken und hob sein Glas. »Du willst also über das Jahr zwischen dem neunundvierzigsten und fünfzigsten Geburtstag schreiben. Super.« Er schwang mit kontrollierter Eleganz den Rotwein im Glas gegen den Uhrzeigersinn. Ich ahne die Charmebombe, als er mich nur mit den Augen umarmt und mir einen Schauer über die Haut jagt. »Auf dich und die zehn besten Jahre im Leben einer Frau!«

8. April

Das Wichtigste wird sein, nicht in die Falle zu gehen, der großen Verschwörung zu entkommen, mich den schmerzlindernden Beteuerungen und den freundlichen Lügen, auf die sowieso keiner reinfällt, zu entziehen. Nichts leugnen, nichts idealisieren, nichts schönfärben und nichts schlechtreden, einmal unhysterisch und so gelassen wie möglich meiner eigenen Vorstellung vom Älterwerden beim Wachsen zuschauen. Annehmen, Raum geben, loslassen – so habe ich das in den Ratschlägen aus einem buddhistischen Bildkalender mal gelesen. Einfach schauen, so klar wie möglich. Nicht durch die rosarote Brille, nicht durch die dunkle, sondern durch die mit der besten Sehschärfe.

Brille, verdammt, auch so ein Thema. Gerade habe ich mich mit der Lesebrille abgefunden, und schon wieder passieren komische Sachen. Die Preisschilder an Klamotten kann ich nicht mehr lesen. Was das Obst bei Aldi kostet, auch nicht. Stadtpläne schon lange nicht mehr. Aber ich finde es zu peinlich, die Lesebrille jetzt schon beim Shoppen rauszuholen. Schon mal gar nicht werde ich die Lesebrille vor dem Busen anketten oder als Münchner Haarspange tragen. Da frage ich lieber meine Kinder, was das tolle T-Shirt kostet, das sie mir da entgegenhalten. Wie lange wird das noch gut gehen?

Quatsch. Das kann man auch positiv sehen: Die nüchterne Sicht auf die Dinge ist doch wohl das größte Privileg des Alters. Erkennen, wie es ist, und sich nicht mehr groß darüber aufregen, dass es so ist, wie es ist. Der Sieg der Neugier über die Eitelkeit, wie der Optiker so falsch flötete, nur weil er mir eine Gleitsichtbrille andrehen wollte. Doch die Portion Einstimmung auf die neue Lebensphase ist mir zu groß. Noch reicht die Lesebrille für die klare Sicht!

Den Versuch ist's allemal wert. Was verbergen die dunstigen Schlieren, die um diese Lebensphase wabern? Was kommt auf mich zu? Wie kann ich mich darauf vorbereiten? Gibt es wirklich Grund, die Unsichtbarkeit zu fürchten, wie mir die Stimme der Unke in meinem Kopf zuraunt, die mich neuerdings wieder öfter mit ihren hämischen Kommentaren nervt? Das geht schon länger so. *»Im Leben einer Frau geht's mit vierzig bergab, denk an meine Worte.«* So beendete meine Mutter damals ihren Geburtstagsanruf. *»Jetzt will dich doch sowieso keiner* *mehr. Jetzt bist du auf dich allein gestellt.«* Fast zehn Jahre ist das her, und neuerdings quakt die Unke wieder öfter.

Du wirst schon sehen, mit fünfzig existierst du als Frau nicht mehr. Du wirst eine Silhouette. Du wirst nicht mehr angeschaut.

Das wollen wir doch erst mal sehen, du blöde Unke.

9. April

Nachtrag. *Unsichtbarkeit, die:* Kleine Kinder stellen diesen Zustand her, indem sie beide Augenlider fest aufeinanderpressen und manchmal sogar noch beide Hände über die Augen legen. Diese erstaunliche Fähigkeit, sich unsichtbar zu machen, geht beim Heranwachsen verloren.

12. April

Heute habe ich zum ersten Mal in meinem Leben einen Orthopäden aufgesucht. Dabei fehlt mir gar nichts, also fast nichts. Gut, eigentlich schmerzt meine Schulter seit Wochen. Aber das ist nichts, was sich mit ein bisschen Bewegung nicht wieder ins Lot bringen ließe, habe ich meiner Nachbarin versichert, die mich dabei überrascht hat, als ich im Treppenhaus die Taschen abstellte, um leise fluchend meine brennende Schulter zu kneten. »Könnte auch Arthrose sein!«, sagte sie und zog die Augenbrauen hoch. »Nicht doch, das liegt an der ewigen Schreibtischhockerei«, wehrte ich ab, und sie zuckte nur mit den Schultern, raunte vielsagend: »Na, in unserem Alter!« Dann zog sie mit ihrer Mülltüte, in der wie immer Flaschen schepperten, von dannen. »Ich geh dann mal die Marmeladengläser zum Container bringen«, rief sie von unten.

Später wurde mir dann doch mulmig, und bevor ich mich beim Googeln selbst in den Wahnsinn treibe, weil Arthrose etwas Altersbedingtes, Superschmerzhaftes ist, gegen das es kein Heilmittel gibt, habe ich dann doch lieber einen Termin beim Orthopäden vereinbart. Nur eine Verschreibung wollte ich ergattern, um in den Genuss einer lindernden Nackenmassage aus den begnadeten Händen des unfassbar gut aussehenden und sehr jungen und wirklich heißen Physiotherapeuten zu kommen, von dem etliche meiner Freundinnen derzeit schwärmen. Und mein Nacken schmerzte wirklich höllisch …

Also wirklich, meine Liebe, hast du's jetzt schon so nötig? Egal, wie gut der Kerl aussieht. Du könntest glatt seine Mutter sein!

Halt die Klappe, Unke, hätte ich beinahe laut gesagt. Doch ich saß dem Orthopäden schon gegenüber. Er warf einen flüchtigen Blick auf meinen ausgefüllten Patientenbogen und lachte kurz auf. »Na, bei unseren Namen weiß man ja auch sofort, wie alt wir sind, oder?« Ich war sprachlos und habe ihn nur angestarrt. Vergnügt hackte er mit dem Zeigefinger auf das Blatt Papier, das auf dem Schreibtisch zwischen uns lag. Er weidete sich kurz an meiner Verblüffung und sagte dann freundlich, während er sich etwas nach vorne beugte: »Kleiner Scherz. Mein Name ist Rüdiger, Rüdiger Brandt. So heißt heute doch kein Mensch mehr unter vierzig.« Rüdiger. O je! Wie Schuppen fiel's mir von den Augen. Monika, Beate, Christiane, Gerlinde, Uwe, Klaus, Volker, Peter, Andrea, Angelika, Antje, Petra, Erika, Sabine, Susanne, Stefan, Thomas, Michael, Matthias … In Windeseile ging ich die Vornamen meiner Freunde und Bekannten durch. »Jaha«, kicherte Herr Dr. Rüdiger, »das sind wir, die geburtenstarken Jahrgänge aus den Sechzigern!« Er warf die Hände in die Luft. »Wir sind viele, so viele wie nie zuvor in der Geschichte!«

Dann untersuchte er meine Schulter, verdrehte meine Arme und tastete in meinem Nacken herum. Ob die Schmerzen unter Belastung zu- oder abnehmen würden, wollte er wissen, und noch während ich darüber nachdachte, welche Antwort mich schneller in die begnadeten Hände dieses Physiokings bringen würde, erklärte er: »Für Osteoporose sind Sie nämlich noch ein bisschen zu jung! Das sind nur Verspannungen oder Verschleißerscheinungen«, murmelte er zufrieden. »Aber ich verschreibe Ihnen jetzt sechs Einheiten manuelle Therapie, am besten mit Fango vorher. Das wird Ihre Blockaden lösen.«

Als ich die Praxistür hinter mir schloss, dachte ich darüber nach, dass Fango sehr nach Rentnerbehandlung, Wassergymnastik und Kurschatten klingt, und dann fiel mir ein, dass der Physiotherapeut Jonas heißt.

16. April

Bücher sind auch nicht immer nur hilfreich. Sogar große Literatur hat kleine Schwachstellen. Selbst die klugen Schriftstellerinnen haben sich einreden lassen, dass für eine Frau mit der Hälfte des Lebens das ganze Leben beendet sei. Simone de Beauvoir hat mit fünfzig Jahren der Zukunft die Tür gewiesen und dramatische Sätze geschrieben: »Nie wieder werde ich, trunken vor Erschöpfung, im duftenden Heu zusammensinken … Nie wieder ein Mann … Es ist seltsam, kein Körper mehr zu sein. Es gibt Augenblicke, da lässt diese Absonderlichkeit mich innerlich erstarren, sie hat so etwas Endgültiges …«

»Und? Was sagst du jetzt? Ist doch kein Wunder, dass ich mich vor dem Fünfzigsten fürchte.« Kaum hatte ich diese Sätze laut vorgelesen, das Buch zugeknallt und auf den Tisch geworfen, fing meine Freundin Christiane an zu lachen. »Nu mach mal halblang. Mit deiner Pollenallergie konntest du doch noch nie trunkene Erschöpfung im Heu feiern.«

Ich schwieg ein bisschen beleidigt, während sie sich mit dem Korken der Sektflasche abmühte. »Kein Körper mehr, so ein Quatsch! Wie würdest du das Ding nennen, womit du deinen Kopf an den Schreibtisch trägst oder was du viel zu selten auf den Crosstrainer hievst?« Sie sah mich übertrieben mitleidig aus großen, braunen Augen an. »Oh, warte mal. Du hast recht, im Fitnessstudio hast du echt keinen Körper mehr. Da tauchst du nur noch als Karteileiche auf.« Sie funkelte angriffslustig mit den Augen.

»Nicht witzig!«, versuchte ich streng zu wirken. Wir wetteifern noch immer um den Pokal, lieber einen Freund zu verlieren als eine Pointe. Heute ging er leider an sie.

Ungerührt betrachtete sie mich wie etwas, das sechs Beine hat und morgens durch die Butter kriecht. »Schon gut. Ich war ja auch schon länger nicht mehr. Aber sag mal, was ist denn los mit dir? Hat DHL, der Geheimnisvolle, schon nach vier Wochen Schluss gemacht? Wegen einer Älteren etwa?« Sie kicherte. »Tolle Drehbuchidee, das merk ich mir. Hat man noch nie gesehen.«

Nein, DHL hat nicht Schluss gemacht, aber er wird es vielleicht noch tun, wenn ich weiter so rasant vor mich hin welke. »Ja, geht's noch?«, schnaubte sie. Wenn der wirklich so alt ist wie du, sieht er auch nicht mehr so gut! Hat er eigentlich eine Brille? Sorg einfach dafür, dass er sie abnimmt.« Christiane gab sich wirklich alle Mühe, mein Faltengejammer auf hohem literarischem Niveau, wie sie das nannte, einfach wegzuscheuchen. Auch meinen Entschluss, den letzten Geburtstag mit einer Vier davor in Schweigen zu hüllen und zu übergehen, hatte sie nicht gelten lassen und war am Abend überraschend mit einer gut gekühlten Flasche Sekt aufgetaucht, um, wie sie leichthin sagte, meine aufkeimende Altersdepression im perlenden Glas zu ersticken. Dass ich nicht die Spur davon hätte, sondern einfach nur ein bisschen nachdenken wollte und außerdem gerne beim Nachdenken allein sei, quittierte sie mit einem entschlossenen Kopfschütteln. »Gut, wie du willst. Dann sind wir eben zusammen allein«, sagte sie, stellte die Flasche auf den Tisch, setzte sich und schaute mich herausfordernd an. »Gläser? Sag mal, ich habe manchmal schon überlegt, ob es DHL eigentlich wirklich gibt. Es könnte doch sein, dass du ihn erfunden hast, um nicht mehr als Single bedauert zu werden. Oder damit dich niemand mehr nach deinem Sexleben fragt, jetzt, wo du bald fünfzig wirst. Ich meine, keine von deinen Freundinnen kennt ihn. Du redest kaum von ihm. Erzähl doch mal! Was ist DHL eigentlich für ein Name? So was wie DSK, also Dominique Strauß-Kahn? Aber DHL? Kommt auf Bestellung?« Sie kicherte vor sich hin.

Während ich brav die Gläser auf den Tisch stellte, versuchte ich abzulenken und auf meine Sorgen zurückzukommen. »Netter Versuch. Du hast gut reden. Du hast noch vier Jahre bis zum Fünfzigsten, ich dagegen nur noch …«

»Vier Minuten!«, rief sie entzückt und goss die Gläser randvoll. »Schau mal, keine Angst vor der Fünfzig! Neunundvierzig ist doch viel fieser als Fünfzig. Neunundvierzig nimmt man im Drehbuch gerne für eine ganz und gar uninteressante Frau!«

Treffer, versenkt. Ich zuckte zusammen, und gleich darauf lachten wir uns beide schlapp. »Was soll ich dir wünschen? Alles Liebe zum Geburtstag! Hoch sollst du leben! Und stell mir DHL endlich mal vor!«, prustete sie und nahm mich in die Arme. Ich hab's versprochen, aber mit gekreuzten Fingern. Beim Abschied fing sie wieder an zu bohren, und mit dem Rückenwind von zwei Flaschen Sekt bin ich schwach geworden. Aber ich habe mein Geständnis kurz gehalten.

»DHL gibt's wirklich, und zwar schon seit vielen Jahren. *Ein* Mann, vielleicht *der* Mann, aber nicht *mein* Mann. Verheiratet, aber nicht mit mir. Und deshalb ist er DHL: Der Heimliche Liebhaber. Und weil er glaubt, der Teufel sei ein Eichhörnchen, darf uns nie jemand zusammen sehen.«

Christiane pfiff anerkennend durch die Zähne. »Und das machst du mit? Donnerwetter! Aber immer schön über die Beziehungskisten der Paarhufer ätzen, du Supersingle!«

Ich habe ihr nicht widersprochen, weil ich ihn plötzlich wieder so deutlich vor Augen hatte, dass mir ein bisschen schwindelig wurde. Vor ein paar Tagen, als er leise pfeifend die Spuren der letzten zwei Stunden von Haut und Haaren duschte. Die langen, feingliedrigen Finger versprachen zarteste Berührungen, seine breiten Schultern, gestählten Oberarme, der kühne Schwung eines trainierten Hinterteils, das auf einen männlich zupackenden Stil schließen ließ, seine strahlenden Augen, die von einer unwiderstehlichen Begeisterungsfähigkeit kündeten – lauter Details, die hervorragenden Sex versprachen. Er hat sie alle eingelöst. Dieser Mann ist nicht auf der Suche nach einer Frau, die Verantwortung für sein emotionales Wohlergehen übernimmt, das sagte mir schon sein unbeeindruckter, verwegener Blick, mit dem er mich musterte, als wir uns in seiner Kanzlei kennenlernten. »Garantieren kann ich für nichts«, sagte dieser Anwalt, den ich damals auf der Suche nach rechtlichem Beistand aufgesucht hatte. Dabei tauchte das Senkblei seines tiefblauen Blicks in meine Augen. »Die Erfolgschancen stehen fifty-fifty«, erklärte er leise und setzte, heiser plötzlich, hinzu: »Aber bisher habe ich all diese Angelegenheiten gewonnen.« Augenblicklich schoss mir die Glut in den Bauch, und ich dachte nur: Ich will diesen Mann. Ich will eine Affäre mit ihm. Schön im handelsüblichen Sinne war er nicht, aber ungeheuer magnetisch. So klar und wach im Kopf wie an diesem Tag war ich schon lange nicht mehr. Und ich bin dabei gleich vor mir selbst erschrocken. »Bist du eigentlich völlig irre?«, fragte ich mich und malte mir augenblicklich all die lächerlichen Klischees aus, die ich bedienen würde, wenn ich das wirklich täte: das von der smart gelangweilten Tussi Ende dreißig, die plötzlich in Torschlusspanik gerät. Das ist jetzt zehn Jahre her, und er weiß immer noch ganz genau, was er will. Hoffentlich noch sehr lange mit mir.

Gleich darauf schlüpfte er wieder in seinen Anzug und kehrte in sein anderes Leben zurück. Ich schaute ihm bei der Verwandlung vom wilden Kerl zum glatten Rechtsanwalt zu, tat dann genau dasselbe und kaufte auf dem Weg nach Hause noch einen Laib Brot fürs Abendessen mit meiner Familie. Den Ort des ungeheuerlichen Geschehens verließen wir wie immer heimlich und nacheinander.

27. April

Heute habe ich meine Postkartensammlung hervorgekramt, die Geburtstagskarten aus den letzten Jahren und auch die neuen, die ich in den letzten Tagen aus dem Briefkasten gefischt habe. Herzliche Glückwünsche zum neuen Lebensjahr standen in vielen Varianten auf der Rückseite geschrieben, vorne drauf waren altertümliche Fotos von meist dicken, verknitterten Damen in geblümten Kittelschürzen oder zeltartigen Kostümen zu sehen, manche beschwipst mit spitzen Papphütchen im Kreise ihrer ebenso ausstaffierten Freundinnen. Die arg verhutzelte Lady mit lederner Fliegermütze und geschriebener Aufforderung, jederzeit wild und gefährlich zu leben, war ja noch ganz lustig. Aber all die süffelnden, schnäpselnden Damen im Kreise ihrer Freundinnen, jede mit Hütchen, Wollmütze oder nichts als der angestrubbelten Dauerwelle auf dem Kopf und dem Gläschen in der Hand, sogar eine durchtrainierte Hundertjährige im Tutu auf den Schultern eines Tänzers …

Ist das die Zukunft? Sind das die Freuden des postklimakterischen Zustands? Sollen wir uns in schräge Schrullen, freundliche Hexen und komische Alte verwandeln?

Einige Beispiele gefällig?

»Wir sind immer noch heiß. Aber es kommt jetzt in Wellen.«

»Altern ist doch voll für'n Arsch.«

»Auf Dein Wohl, die Jugend und die guten alten Zeiten!«

»Du bist nicht alt, sondern retro.«

»Ich bin sparsam. Ich benutze seit Jahren dasselbe Alter.«

»Alter spielt keine Rolle, es sein denn, man ist ein Rotwein. Variante: ein Käse.«

»Frauen werden nicht älter, sie finden ihre innere Mitte.«

»Eine Frau kann mit neunzehn entzückend, mit neunundzwanzig hinreißend sein, aber erst mit neununddreißig ist sie absolut unwiderstehlich. Und älter als neununddreißig wird keine Frau, die einmal unwiderstehlich war!«

»Geburtstage sind gut für die Gesundheit. Je mehr man davon bekommt, desto älter wird man.«

Mit flotten Sprüchen gegen die Wirklichkeit angehen zu wollen mag ja ganz lustig sein, aber es fordert dazu auf, sich beständig etwas vorzumachen und sich selbst darüber hinwegzutäuschen, wo man eigentlich steht. Dabei geht es doch genau um das Gegenteil davon – Ent-Täuschung im besten Sinn. Oder Selbsterkenntnis, die noch immer dem Entdecken neuer Möglichkeiten vorausgeht. Stattdessen verstellen wir uns mit albernen postkartengroßen Trostpflastern die freie Sicht auf die ganze Fülle des Lebens. Das ist der Stoff, aus dem das böse Erwachen ist. Wenn man es nicht besser wissen wollte, könnte man auch noch glatt auf die Idee kommen, Altwerden wäre etwas, das man niemals nüchtern, sondern nur mit Heerscharen von Flaschengeistern überstehen kann. Kein Trösterchen ohne Prösterchen … als wäre Altern einfach nur etwas sehr, sehr Schlimmes!

29. April

Es ist schlimm.

Seit Jahren fühle ich mich ziemlich klasse in der abgeteilten Schnellschwimmerbahn und verachte den Matronenslalom auf der anderen Seite des Beckens. Paarweise auftretende Damen höheren Alters, stark parfümiert und geschminkt, den Kopf hoch und steif übers Wasser gereckt, damit die Frisur nicht leidet, paddeln ungelenk herum wie die bleiernen Enten, während sie unablässig mit ihren Freundinnen plappern. Ich kann das nicht ausstehen. Das ist kein Sport, sondern ein Vorwand, um hemmungslos zu tratschen, genau wie Nordic Schlurfing.

Schätze, ich hatte einen schlechten Tag. An einem guten sehe ich nette alte Damen, eifrige Frühschwimmer-Stammgäste, die einander freundlich zuwinken oder angeregt plaudern und, während sie im blauen Becken planschen, sich einfach nur ihres Lebens freuen. Aber das war ein mieser Tag.

Schon wieder einer: Es gelang mir nämlich schon länger nicht mehr, meine Zeiten zu verbessern. Fünfundzwanzig Minuten für tausend Meter Brustschwimmen sind zwar nicht schlecht, aber ich will mehr – wenigstens die Bestzeit aus der letzten Saison erreichen: einundzwanzig Minuten.

Vielleicht solltest du allmählich mal von Wettbewerb auf Wellness umschalten!

Die Unke säuselte, als ich keuchend aus dem Becken stieg. Ich knurrte zurück: von Freestyle auf Matronenslalom, oder was? Vergiss es!

Unter der Dusche neben mir seifte eine Frau mit energischen Bewegungen ihren Körper ein. Dabei bewegte sie ihre Hände so schnell, dass die Hautlappen an ihren gebräunten Oberarmen flatterten wie lederne Fahnen im Wind. Ihre Brüste sahen aus wie leere Beutel, an deren Grund eine verlorene Murmel liegt. Sie schwangen haltlos im Takt der schrubbenden Hände über einer großen, bebenden, bleichen Hautschürze, die herunterhing und die Scham verdeckte. Ganz still stand sie nach getaner Arbeit da, hatte die Augen geschlossen. Der heiße Wasserstrahl prasselte auf ihren grauen Schopf, und einen Moment lang sah es aus, als zöge das Gewicht der Wassertropfen die weiche, schlaffe Haut wie ein viel zu großes, vollgesogenes Gewand nach unten. Ihre Beine waren dünn, an den Innenseiten der Oberschenkel gewellt, mit Krampfadern überzogen, der Hintern flach und formlos. Unwillkürlich fiel mein Blick auf die blaue, gezackte Ader, die von meinem Knie ausgeht und mittlerweile schon den halben Oberschenkel emporreicht. Eine zweite, hellere, eifert ihr nach. Als ich mich vorbeugte, die Hände auf die Knie legte, um meinen schmerzenden Rücken im heißen Wasserstrahl zur Entspannung zu zwingen, sah ich die Falten an den Innenseiten meiner Oberarme, säuberlich und regelmäßig geknittert wie die Riffeln, die das Wasser bei Ebbe auf dem Sandstrand hinterlässt. Dass ich sie ohne Lesebrille überhaupt so deutlich erkannte, kann nur bedeuten, dass sie in Wahrheit noch viel tiefer sind. Jäh schoss es mir durch den Kopf: In ein paar Jahren werde ich aussehen wie die Frau neben mir. Nicht nur ein bisschen älter, sondern alt. Und es gibt nichts, was diesen Verfall aufhalten könnte. Ich machte in hilflosem Trotz den Rücken gerade und wollte ins Handtuch flüchten. Da trafen sich unsere Blicke. Fragend zog sie die Brauen hoch. Verlegen drehte ich mich weg und fing gerade noch die Blicke von zwei sehr jungen und leise tuschelnden Mädchen auf, die sich nicht schnell genug von meiner Rückseite gelöst hatten. Es wird selten geredet unter der Dusche im Schwimmbad, hier schießen nur verstohlen immer häufiger prüfende, vergleichende Blicke aus Augenwinkeln zwischen den nackten Körpern im heißen Wasserdampf hin und her.

30. April

Sich beständig mit anderen zu vergleichen ist ja nichts Neues. Doch gestern kam es mir plötzlich so vor, als würde es in letzter Zeit wieder häufiger vorkommen, nachdem lange, zumindest was das Äußere angeht, die Furcht vor den Blicken der anderen in den Hintergrund getreten war, weil wir alle mehr damit beschäftigt waren, einen Beruf aufzubauen, Kinder großzuziehen und im Hypothekenstress der mittleren Jahre nicht unterzugehen – den Lebensdampfer auf Sichtkurs zu steuern. Bis vor einiger Zeit war ich einfach da, war immer auf dem Weg irgendwohin, war vorgestern noch sechzehn, gestern neunundzwanzig und heute einundvierzig. Es war das Leben, und es ging einfach immer weiter. Auch mit zweiundvierzig ging es weiter. Im Spiegel sah ich eine Frau, die ein paar schärfere Linien um die Augen bekommen hatte, aber ich erkannte sie wieder und fand sie ziemlich okay. Befremdlich war nur die leichte Unsicherheit in ihrem Blick, das Flirren in den Augen, das kurze Zucken in den Mundwinkeln. Bin ich jung oder alt? Diese einfache Frage konnte ich mir nicht mehr beantworten und verschob das auf später, während ich verstohlen auf andere schielte, die jünger oder älter wirkten als ich. Nichts Dramatisches, nur so ein kleiner beständig arbeitender Datenabgleich funkte von da an in meinen Blick auf mich und andere.

Ganz ohne das Messen mit anderen geht es wohl nie, aber es gewinnt mit einem Mal eine neue Schärfe. »Der Mensch ist das vergleichende Wesen«, habe ich mal bei Nietzsche gelesen. Der Abgleich mit anderen ist ein Weg, um Orientierung in der Welt zu gewinnen, zu erkennen, wo man selbst steht und wo die anderen. Woher sollte man sonst auch wissen, dass der Hintern zu dick, die Haare zu dünn, die Haut zu blass, der Bauch zu rund ist? Oder dass ein Stundenlohn von fünf Euro nicht gut ist? Um einzuschätzen, was viel und was wenig ist oder was geht und nicht geht, brauchen wir die anderen als menschliche Messlatte. Deshalb vergleichen wir ein Leben lang unsere Attraktivität, unsere Wohnungen, unsere Kleidergrößen, Kontostände, Reisen und beruflichen Erfolge, unsere Kinder und unsere Liebhaber. Doch es kommt mir so vor, als würde man in Lebensphasen, die einen beunruhigen oder sogar durchrütteln, den Vergleich mit anderen stärker suchen oder hätte jedenfalls dem obsessiven Vergleichen weniger Selbstbewusstsein und eigensinnige Gelassenheit entgegenzusetzen. Dabei halten wir uns zuallererst an das Sichtbare und mustern die eigenen körperlichen Veränderungen und die der anderen an der Schwelle zum Altwerden mit besorgtem Argwohn. Der Vergleich fällt verschieden aus, manchmal erschrocken oder traurig, manchmal resigniert. Aber es lässt mich nicht kalt, was ich sehe.

2. Mai

Gestern Abend bin ich im Fernsehen bei Markus Lanz gestrandet, zufällig natürlich, wie alle immer nur zufällig bei Markus Lanz reinzappen. Thomas Gottschalk war zu Gast. Es geht ums Älterwerden und Gottschalks Autobiografie *Herbstblond*, was auch schon wieder so eine nette Umschreibung aus dem Reich der Political Beklopptness ist für Dinge, die man lieber nicht beim Namen nennen will. Über »Entsorgungspark« statt »Atommülldeponie« habe ich mich schon vor dreißig Jahren aufgeregt. Heute komme ich gar nicht mehr hinterher mit der Aufregung über den Schwall an kontaminierter Wortkosmetik, der jeden Tag anschwappt. Defizite heißen jetzt Ressourcen, Fehler sind Lernchancen, Deppen Andersbegabte, Abbau kommt als Umbau daher und Vergesslichkeit ist in Wahrheit Konzentration auf das Wesentliche. Reife, gar anspruchsvolle Haut meint die faltige. »Steiflebendig« für »tot«: Kein Zweifel, das steht uns kurz bevor.

Jetzt also »Herbstblond« für Haare, die einst blond waren, jetzt grau sind und sich nicht mehr überzeugend blond färben lassen, obwohl, pardon, bei Männern nennt man das tunen.

»Älter werden ist kein Problem, nur dass man's sieht, ist wirklich scheiße«, bringt der GröFaZ, der größte Fernsehkasper aller Zeiten, das Problem auf den Punkt und mich auf eine ganz andere Spur.

»Älter werden? Für mich allein geht das voll klar«, blaffte Christiane vor ein paar Tagen, als ich mich vorsichtig erkundigte, wie sie's mit dem Vergleichen hielte. Gibt's da vielleicht doch eine beruhigend volle Goldkiste am Ende des Regenbogens, von der ich noch nichts weiß und die ich nur finde, wenn ich mich mit Äußerlichkeiten nicht groß aufhalte und von Vergleichen nicht mehr als mäßig irre machen lasse?

3. Mai

Ob es so etwas wie eine Schwelle zum Altwerden gibt? Oder ob man es im Weitergehen überhaupt bemerken kann, dass man einen Scheitelpunkt überschritten hat, der die Zeit deutlich in ein Davor und Danach teilt, aber jenseits dessen man als alt gilt oder alt ist? Wenn man den Äquator oder den nördlichen Wendekreis überquert, merkt man das ja auch nicht einfach so, sondern nur, wenn einen jemand darauf aufmerksam macht. Ein gleitender Übergang, der sich erst im Nachhinein als unumkehrbarer Seitenwechsel entpuppt – wie der vom Mädchen zur Frau, von der Frau zur Mutter. Ich erinnere mich noch ganz genau an den dunklen Moment nach den ersten Monaten mit einem Baby, als mir plötzlich klar wurde, dass es von nun an nie wieder ein Leben ohne Kind geben würde. Das Baby brauchte ein neues Bett, und der Verkäufer pries mir eines an, das, wie er sagte, bis zur Einschulung reichen würde. Und ich dachte erstaunt, was, so lange hat man ein Kind …

Meine Güte, wie naiv kann man eigentlich sein? Werd doch mal erwachsen!

Jahreszeiten wechseln auch nicht auf einen Schlag. Sie schicken Vorboten, verharren, springen nach vorne, fallen zurück – und man kann nie genau sagen, ab jetzt ist Frühling, Sommer, Herbst oder Winter. Schon mal gar nicht streng nach Datum!

Aber es gibt diesen einen fiesen Tag Mitte August, vor dem ich mich in jedem Sommer fürchte. Der Tag, an dem der Sommer kippt. Am strahlend blauen Himmel brennt die Sonne, die Berliner Straßen dehnen sich wohlig in der Wärme und werden weit wie Alleen. Alles leuchtet, erscheint prächtig, ewig, die Parks, die Strandbars, die Plätze geben sich schön, und auf einmal ist er da, der Tag, der das Sommermärchen unterbricht. Plötzlich ein Platzregen, ein Hitzegewitter, eine heranziehendes Tief, das anders ist als die vorhergehenden. Und dann, am nächsten Morgen, hängt auf einmal diese scharfe, feuchte Kühle in der Luft, ein Hauch von welkenden Blättern, die sich zwar noch nicht bunt gefärbt haben, aber wie eine dunkle Vorahnung das strahlende Licht auf die Welt beinahe unmerklich eintrüben. Schon sitzt der Wurm in der reifen Frucht. Die Pflanzen haben verstanden und verändern ihr Gesicht. Sie werden sich nie mehr ganz erholen, nur noch verhalten neue Knospen treiben, wenn überhaupt. Der Verfall beginnt, selbst wenn noch viele sonnige Tage kommen, die einen glauben machen wollen, man habe sich getäuscht und der Sommer bliebe ewig. Doch im Grunde ist er vorüber, man spürt es genau. Einige Zeit später wird man sich vernünftigerweise mit dem Herbst abfinden, ihm sogar schöne Seiten und besondere Reize abgewinnen. Es ist nur der Übergang an diesem einen Tag im August, der schmerzt. Später wird man sich in der neuen Jahreszeit einrichten, dem Herbst sogar besondere Verlockungen abgewinnen, vielleicht sogar aufatmend in lange Ärmel flüchten und die nackten Beine erleichtert wieder in lange Hosen stecken – halbwegs froh aufatmen, weil man die viele nackte Haut und den bloßen Körper samt all der neuerdings so beunruhigenden Veränderungen wieder vor den Blicken der anderen verbergen kann.

Ja, es gibt ihn, diesen fatalen Tag des Übergangs, und ich frage mich, wie alt ich sein werde, wenn er bei mir eintritt. Oder ist er schon längst vorüber, und ich habe es nur nicht gemerkt oder wahrhaben wollen? Das Altern ist an anderen so deutlich zu sehen. Und was ist mit mir?

Hast du keinen Spiegel? Guck dich doch mal an!

7. Mai

Wann hast du zum ersten Mal gedacht, dass du alt wirst? Eine kleine Blitzumfrage bei Freundinnen hat merkwürdige Antworten zutage gefördert:

Als ich mich plötzlich für Rosen und teures Porzellan begeistern konnte; da war ich Mitte dreißig. Und du?

Im Flugzeug nach Singapur, das muss jetzt fünfzehn Jahre her sein. Ein Mann hob ungefragt meinen Handkoffer in die Ablage. Und du?

Kurz vorm Vierzigsten fiel mir auf, dass ich die Sonne nicht mehr so gut vertrage. Und du?

Ist kein Thema für mich. Ich war schon früher nicht besonders schön, deshalb sind mir die Falten jetzt egal. Und du?

Einen ganzen Abend auf High Heels war früher kein Problem. Jetzt schaffe ich das höchstens noch drei Stunden lang. Und du?

Als ich das erste Mal einer wildfremden Frau von meinen Hühneraugen erzählt habe. Und du?

Vor zwei Jahren haben meine Kinder mich ausgelacht, weil ich in bestimmten Situationen »Ach, herrjemine« zu mir selbst sagte. Das war mir bis dahin gar nicht aufgefallen. Und du?

Letzte Woche hat mir ein junger Mann seinen Sitzplatz in der U-Bahn angeboten, das hat mich völlig durcheinandergebracht. Und du?

Früher konnte ich essen, was ich wollte, ohne zuzunehmen. So mit Anfang vierzig änderte sich das schlagartig. Ein einziges Stück Torte blieb mir wochenlang auf den Hüften hängen. Und du?

Und ich? Es traf mich wie ein Schuss aus dem Hinterhalt. DHL und ich saßen an einem herrlichen Sommermorgen auf einem Bootssteg am Wannsee. Es war die warme, seidige Luft, die strahlende Sonne, das frische, kühle Wasser, der geklaute Vormittag am See, dieser wunderbare Mann neben mir oder alles zusammen. Augenblicke wie dieser gehören sorgsam weggeschlossen in die Schatulle für kostbare Erinnerungen. Ein prickelnder Moment, erfüllt von altersloser Präsenz wie im Traum. Kein Mensch war weit und breit zu sehen, nur weiter hinten zogen ein paar Segelboote über den glitzernden See. Wir waren schwimmen gewesen, trockneten jetzt in der Sonne. Eine kleine Ente kam zum Steg gepaddelt und betrachtete uns. DHL beugte sich zu ihr hinunter und erklärte ihr mit sehr zärtlicher Stimme, auf welche Weise er sie zubereiten und aufessen würde. Die Ente legte den Kopf schief und hörte genau zu. Langsam bewegte er eine Hand auf sie zu, während er ihr das Für und Wider einer Orangensoße erläuterte. Da stieß die Ente mit dem Schnabel zu und verfehlte seine Hand nur knapp. Sie flatterte aufgeregt davon, und wir lachten hinter ihr her. Dann küssten wir uns und fingen in einem langen, innigen Kuss an, vor Lust zu dampfen. Knutschend am Bootssteg wie Teenager, herrlich. In all dem gleißenden Glück hörte ich plötzlich hinter mir eine Mädchenstimme wispern. »Guck mal, die alten Leute!« Überschnappendes Gelächter flutete den inselhaften Augenblick und riss uns schroff auseinander. Erschrocken drehte ich mich um. Fünf Mädchen, vielleicht so um die vierzehn, rissen sich die Kleider vom Leib und deuteten auf uns. Dann sprangen sie kreischend ins Wasser. Nach der Tageszeit und den hingeworfenen Rucksäcken zu urteilen, schwänzten sie wohl die Schule. Auf einen Schlag fühlte ich mich steinalt. Auch wenn DHL mir wenig später im Bett wieder etwas Jugendfrische auf die welken Züge malte, echote der Satz noch tagelang durch meinen Kopf. »Guck mal, die alten Leute!«

Die Unke räuspert sich. *Also bitte, meine Liebe, das ist jetzt mehr als zehn Jahre her! Schon vergessen?*

16. Mai

»Haben Sie schon mal von den tollen asiatischen Wonderstripes gehört?«, fragte mich die resolute Dame, die ich neuerdings hin und wieder aus Notwehr aufsuche, das L'Oréal-hafte Zauberwort im Ohr, dass ich's mir wert bin oder doch sein sollte. Früher habe ich Kundinnen von Kosmetiksalons leise belächelt, doch früher ist auch schon länger her. Gepflegt ist das neue Attraktiv, und mit den Jahren wächst der Anteil der anfallenden Wartungsarbeiten. All dies macht zwar noch nicht drei Viertel meines Lebens aus, aber die Tendenz ist unübersehbar – steigend.

Na und? In seiner Jugend fährt ein Mercedes besser als ein Chevrolet. Aber im Alter ist Instandhaltung alles. Hab ich irgendwo aufgeschnappt. Lustig, nicht?

Jetzt kommt die Unke mir auch noch altklug daher.

Doch es gibt da ein Problem, dessen Lösung ich inzwischen in fremde Hände legen musste. Das Zupfen der Augenbrauen vor dem Badezimmerspiegel ist nämlich vom schwierigen zum aussichtslosen Unterfangen geworden. Mit Brille sind die Augenbrauen verdeckt, ohne Brille sehe ich die Augenbrauenhärchen nicht, die ich herausreißen will. Selbst ein zehnfach verstärkter Schminkspiegel half nicht. Also habe ich beschlossen, auch über diese ärgerliche Wendung nicht groß rumzujammern und diesen Teil der Wartungsarbeiten am Projekt »Gepflegtes Äußeres« einfach outzusourcen. Die Stimme einer Freundin an ihrem fünfzigsten Geburtstag noch im Ohr: »Pah, Füße, Hände, das lass ich ab jetzt alles machen«, habe ich diesen Termin vereinbart, nur für die Basics, denn was man alles machen lassen könnte, ist mir eigentlich doch ganz egal. Auf dem schmalen Grat zwischen der Wertschätzung des Aussehens und dem Bewusstsein, dass äußere Veränderung zum Altern gehört, wollte ich durch meine Jahre wandern. Die Haare werden dünner, die Haut trockener, die Falten tiefer, gebongt. Damit kann man leben. Ja, macht nicht der verbissene Kampf dagegen alles noch schlimmer? Ich will doch keine von den peinlichen Alten sein, die um den Preis der Lächerlichkeit jung aussehen wollen. Schwere Geschütze auffahren, um die Fuckability-Spanne bis zum Achtzigsten zu dehnen? Nicht mit mir. Resignation oder Verwahrlosung sind natürlich auch keine Alternativen, also habe ich jetzt aus Altersgründen meine Augenbrauen in gute Hände gegeben. Lässigkeit ist schön und gut, solange man noch keine Vierzig ist. Dann ist es Nachlässigkeit.

»Also, die Chinesinnen wollen ja alle europäisch aussehen«, holt die Kosmetikerin zum Referat aus, während ich die Luft anhalte, weil sich meine Augenbrauen böse ziepend dagegen wehren, in Form gebracht zu werden. So habe ich auch keine Gelegenheit zu einem nachsichtigen Kopfschütteln in Richtung Asien, geschweige denn zu einem hochnäsigen Kommentar.

»Und da hat jetzt eine Stylistin in Hongkong diese Wonderstripes erfunden«, plauderte sie weiter. »Winzige Silikonstreifen sind das, die klebt man mit der Pinzette auf das Augenlid und hebt es damit an.« Ich musste wohl die Stirn gerunzelt haben, denn sie strich mir sachte übers Gesicht und lachte freundlich. »Wirkt gleich zehn Jahre jünger, weil man dann wieder so einen frischen, strahlenden Blick hat«, sagte sie und schenkte mir genau so einen.

»Das wär bei Ihnen auch was. Sie haben ja auch so eine

Schlupflid-Veranlagung wie ich.« O ja, das könnte man so sagen, dachte ich. Doch die Unke quakt dazwischen.

Haha, netter Versuch. Das ist nicht Veranlagung, das ist Altern. Da wird in den nächsten Jahren noch viel mehr hängen. Finde dich einfach damit ab.

Ja ja, schon gut. Seit ein paar Jahren kann ich mir den Lidschatten beim Schminken sparen, denn der fällt unter dem Schlupflid gar nicht mehr auf. Das störte mich aber auch nicht groß, denn ich habe längst verstanden, dass es irgendwann im Leben nicht mehr nur auf Jugend und Schönheit ankommt, noch nicht mal für Frauen. Ich bin doch nicht die Einzige, die Erfahrung, gelebtes Leben, Verstehen, Intelligenz und Selbstvertrauen insgeheim wichtiger findet als mädchenhaft straffe, schimmernde Haut, Waschbrettbäuche und weiche Kurven, die wie aus Marshmallows geformt scheinen? Wir haben doch alle einst selbstbewusst eher auf Charakter, Arbeit, Bildung und Unabhängigkeit gesetzt als auf den Versuch, einem überdrehten Schönheitsideal hinterherzuhecheln! Wir wollten nie als Objekt der Begierde betrachtet werden und dabei aber immer möglichst begehrt sein. Wir definieren uns doch nicht über unser Aussehen, so der stolze, von feministischer Restsüße durchflutete Konsens aus jungen Jahren, als wir auch ohne großen Aufwand gut aussahen und schlecht über die bedauernswerten Frauen redeten, die sich unter Chirurgenmesser legen, um Teile von sich vergrößern, verkleinern oder begradigen zu lassen, nur um dem zu entsprechen, was Männerblicke mutmaßlich sehen wollen. Nie würden wir uns operieren lassen! Haben wir übertriebenen Ambitionen ums Äußere damals nicht selbstbewusst-rotzig in Poesiealben und an Klowänden entgegengehalten, dass Frauen nur deshalb lieber schön sein wollen als klug, weil Männer besser sehen als denken können? Ist doch ein Segen, dass Männer in unserem Alter jetzt viel schlechter sehen!

Auch wenn ich ungeschminkt noch nicht einmal zu Facebook gehen würde oder nie so dumm war, nur aufs Äußere zu setzen, um im Leben zu bekommen, was ich wollte, betrübt es mich dann in der Abgeschiedenheit des heimischen Badezimmers auf einmal doch, wenn ich die Spuren des Alters in meinem Gesicht mustere. Wie guter Wein im Abgang entwickelt das jugendliche Aussehen im Vergehen noch einmal eine neue Note: Es wird plötzlich wichtig, selbst bei Frauen, die sich ein Leben lang wenig darum geschert haben. Die Momente, in denen das große Wort von der Selbstentfaltung am Morgen einen gefährlichen Hintersinn offenbart, nagen am Selbstbewusstsein und beschwören Fragen herauf, die längst beantwortet schienen: Ist es wichtig, wie ich aussehe? Oder doch nicht? Sollte es mir wichtiger sein? Oder gar nicht?

Das ist doch verrückt: Wenn es darauf ankommt, den langsamen Abschied von körperlichen Fähigkeiten und biologischen Bedürfnissen zu bewältigen, muss man sich mehr denn je mit dem äußeren Erscheinungsbild befassen und dann auch noch das mentale Kunststück hinkriegen, schon die bloße Anhäufung der Jahre als eine Bereicherung auszugeben. Wie viel Selbstverleugnung braucht man, um den Verfall in einen Fortschritt umzudeuten? Wie viel darf der Spaß kosten?

Also kaufen wir teure Anti-Aging-Cremes, melden uns im Fitnessstudio an und tragen in monatlichen Raten ein Vermögen zum Friseur, um das Grau wegzufärben.

Du kannst noch so viel Geld für das alles ausgeben. Am Ende werden all diese Täuschungsmanöver auffliegen und du musst Farbe bekennen.

Aber es hilft doch wirklich! Ich fühle mich einfach besser, wenn meine Haare wieder aussehen wie meine Haare und nicht wie das Grau auf irgendeinem namenlosen grauen Einheitskopf.

Tssss, macht die Unke und wackelt missbilligend mit dem Kopf.

Wie oft ziehen andere Finger, die auch nicht mehr taufrisch sind, die Gesichtshaut in Richtung der Ohren, fahren glättend über die Stirn, heben behutsam die Lider an, straffen die Halshaut mit beiden Händen nach hinten? So wäre es doch viel schöner, so war es mal. Ich werfe dem Spiegel einen traurigen Blick zu. Das Gesicht sagt: Mach was. Lass dich liften. Ein bisschen Botox hier und da, und schon gefällst du dir und anderen besser. Eine Lidkorrektur kann doch nicht so teuer sein. Den Jahren ein Schnippchen schlagen. Vielleicht kannst du dir das irgendwann leisten.

Aber die Unke mischt sich ein: *Geht's noch? Alles, was du erlebt hast, hat Spuren in deinem Gesicht und auf deinem Körper hinterlassen, und das hast du längst akzeptiert und bist sogar stolz darauf. Hast du neulich selbst gesagt.*

Na ja, bin ich ja auch, nicht immer, aber immer wieder mal, dumme Unke. Es sieht doch wirklich scheiße aus!

Dabei wollte ich mich doch nie vom Urteil des Spiegels abhängig machen, sondern mich lieber an meine inneren Gewissheiten halten. Leider habe ich die gerade nicht alle parat. Halt, eine doch: So viele Jahre habe ich mit dieser Person verbracht, die ich jetzt bin – warum jetzt nicht endlich selbst entscheiden, was mir an ihr gefällt und was nicht? Nach Lust und Laune leuchten, nicht schimmern und strahlen auf Fremdverlangen. Böse in einen weichen Bauch zu kneifen, das allmonatliche Wiederauftauchen des weißen Scheitels fürchten und dagegen anfärben, Nasolabialfalten vermessen, mit zittrigen Fingern nach den Vorboten der Filtrumsfalten um den Mund herum fahnden, beflissen den faltigen Hals mit modischen Farben verstecken, das kann's auf Dauer auch nicht sein. Im Gegenteil: Wenn ich das Joch des Optimierungsdrucks einfach abschütteln könnte, wäre es verlockend, endlich echt zu sein und darauf zu vertrauen, dass dieses Echtsein auch anderen gefällt. Ein echter, kein falscher Fuffziger zu sein! Und wenn nicht, dann eben drauf zu pfeifen. Wer will schon einen Typen, der morgens einen Schock kriegt, weil er einen im schummrigen Barlicht am Abend zuvor für zehn Jahre jünger hielt. Ich jedenfalls nicht. Plötzlich packt mich unter der straffenden Schlammmaske eine irrwitzige Sehnsucht nach mir selbst – der Person, mit der ich wirklich gerne gut befreundet wäre.

»Ich zeig Ihnen das gleich mal an einem Auge, damit Sie den Unterschied sehen!«, trällerte die Kosmetikerin und frottierte mein Gesicht. Dann forderte sie mich auf, die Augen zu schließen. Als ich sie wieder öffnete, hielt sie mir den Spiegel vor, fragte erwartungsfroh: »Und?«

Wow. Aus dem Spiegel schauten mich zwei ungläubig aufgerissene Augen an, von denen das linke deutlich jünger, frischer und strahlender als das rechte wirkte, das vom Schlupflid arg verschattet wurde. Ein verwirrender Anblick. Ich geb's ja zu: Mein junges Auge hatte es mir augenblicklich angetan. Die Wonderstripes zum Spottpreis von knapp sechzig Euro sind praktisch gekauft. »Und wenn das auch nicht mehr hilft«, sagte die Kosmetikerin, »dann lassen Sie einfach was machen.«

Die Unke kichert hämisch: *Reingefallen!*

20. Mai

Eigentlich ist Susanne schuld. Sie hat mich so nachhaltig erschreckt, dass der Schock mich ein paar Tage später direkt ins Fitnessstudio getrieben hat. Auf eines der Tausenden von Laufbändern in den Studios dieser Stadt, wo man die Misere platt treten, in eine Art Sport verwandeln kann. Wenn ich jetzt schon alt werden muss, will ich wenigstens nicht fett werden – an den bösen Gedanken erinnere ich mich noch gut. Ich dachte ihn grimmig, während ich meine Unterschrift unter den unbefristeten Vertrag setzte. Dabei fand ich diese miefigen Muckibuden doch immer lächerlich dekadent! Warum denn auf einem Plastikband rennen wie der Hamster im Rad und dabei doofe Serien auf dem Bildschirm gucken, damit man vor Langeweile nicht stirbt, wenn man doch frei und ohne irgendwas dafür zu bezahlen durch Parks mit Bäumen, Büschen und Wiesen oder rund um stille Waldseen sprinten kann? Das war mir vor diesem Tag mit Susanne nicht klar, danach war ich klüger. Wir waren shoppen und schwer beladen in der Umkleidekabine gelandet, wo wir eine Unmenge an schicken Kleidern probierten, um genau das wie für sie oder mich Gemachte zu finden. Immer wieder trafen wir uns vorm Spiegel, zuppelten hier und da was zurecht, beratschlagten und lehnten ab. Plötzlich sagte sie, während sie den Bund der Jeans, die es fast in die engere Auswahl geschafft hätte, energisch nach unten schob: »Sag mal, wer hat uns eigentlich diese tote Katze um den Bauch gebunden? Hatten wir doch früher nicht.« Sie deutete auf das, was sich über dem Bund bei ihr und auch bei mir hervorwölbte, und verkündete feierlich: »Östrogenrolle. Wenn wir jetzt nichts unternehmen, kriegen wir so eine Altweiberfigur, wie sie alle haben. Dünne Beine, dicker Bauch, Riesenhängetitten drüber und hinten flacher Arsch.« Entsetzt schaute ich zwischen ihrer und meiner Rolle hin und her. Wieso war mir das nie aufgefallen? Seit Jahren nehme ich dieselben sieben Kilo zu und wieder ab. Hauptsache, übers Jahr verteilt kommt's hin. Man könnte es einen Burgfrieden nennen, zu dem mein Ärger und die sieben Kilo Übergewicht inzwischen gefunden haben. Ergebenes Abwinken: Gut, ihr habt gewonnen. Aber ihr seid ja auch zu siebt.

Aber das Altweibergespenst, das meine Freundin da in groben Strichen hingeworfen hat, torpediert diesen trügerischen Frieden. »Genau deswegen gehe ich seit drei Monaten ins Fitnessstudio«, flötete Susanne aus der Kabine nebenan in meine Gedanken hinein. »Sieht man eigentlich schon was?« Ha, das hast du dir wohl so gedacht. Ich werde dir jetzt bestimmt nicht auch noch auf die Nase binden, dass deine Rolle kleiner ist als meine. Ich werde überhaupt nichts sagen und mich einfach im Fitnessstudio anmelden.

Die wahre Ursache für diesen Sinneswandel in Fitnessdingen habe ich natürlich für mich behalten und je nach Gesprächspartner die Begründung abgewandelt. Wer mich für die Disziplin bewunderte, bekam zu hören: Nur aus psychischen Gründen gehe ich da hin, du verstehst schon, weil ich mich dann besser fühle. Wer mich verdächtigte, eitel jugendlichen Idealen wie Knackarsch oder Sixpack hinterherzuhecheln, dem sagte ich: Das mache ich nur zum Ausgleich für die viele Schreibtischhockerei. Wenn ich nicht trainiere, kriege ich Rückenschmerzen. Oder ich näselte beiläufig, wenn jemand meine muskulösen Oberarme lobte, etwas von zufälligem Nebenergebnis des Rückentrainings, nicht der Rede wert und schon gar keine Absicht. Alles gelogen. Nie würde ich zugeben, dass Susannes Altweibergespenst mich hierhin gebracht hat, das ich allerdings längst durch eine strahlendere Vision ersetzt habe. Die amerikanische First Lady und die coolen Kuhlen in ihren durchtrainierten Oberarmen haben neuerdings meinen Ehrgeiz stark beflügelt. So was will ich auch! Und man sieht inzwischen schon was! Bald werde ich stolz wie Bolle ärmellos tragen und leise hoffen, dass das Geknitter an der Unterseite meiner Oberarme nicht weiter auffällt, weil die Oberseite so beeindruckend definiert wirkt. Vielleicht verschwindet das Plissee ja sogar wieder, wenn ich nur hart und ausdauernd genug trainiere, die Muskeln wachsen und die Hautlücken ausfüllen ... Könnte doch sein!

Du glaubst ja auch, dass Antifaltencreme gegen Falten hilft. Träum weiter, giftet die schwitzende Unke, die mir sogar hierher bis zu den Hanteln folgt.

27. Mai

Ich habe heute den Tag über nur im Bett gelegen und gelesen. Die Gelegenheit war allzu günstig, der innere Schweinehund in Hochform. Kein Kind im Haus, keines vor der Tür und kein allzu großer Druck, zu arbeiten. Bitte, es ist Sonntag! Die Tür zum Arbeitszimmer habe ich einfach zugemacht, damit ich den Schreibtisch nicht mehr sehe. Das hat dem inneren Schweinehund so gut gefallen, dass er mir gut gelaunt und schwanzwedelnd den ganzen Tag nicht von der Seite wich.

Und jetzt habe ich ein furchtbar schlechtes Gewissen, weil ich einfach nichts gemacht habe. Dabei wäre schon Zeit fürs Fitnessstudio oder Schwimmbad gewesen. Sogar joggen hätte ich können. Wenigstens eines davon stand heute auf dem Programm. Zu faul für alles. Gar nichts habe ich gemacht, außer gemütlich zu lesen, im Bett Kaffee zu trinken und viele Käsebrote zu essen. Das darf auf keinen Fall einreißen, hörst du!!! Erfolgreiches Altern geht anders!

In deinem Alter wird dir nichts mehr geschenkt. Wie du aussiehst, dafür bist du ganz allein verantwortlich.

Ist ja gut, Unke. Bewegung muss sein, wenn man nicht einrosten will. Gesundes Essen ist Pflicht. Zigaretten verboten, Alkohol nur sehr in Maßen erlaubt, besser wäre es, gar nicht zu trinken. Genug Schlaf, und zwar vor Mitternacht, ist das A und O.

Gesund und fit zu sein fand ich lange Zeit selbstverständlich und habe auch nicht groß darüber nachgedacht. Sport war Spaß und sonst nichts. Jetzt ist das Bewegungspensum zu einer Art Arbeit geworden, die man diszipliniert zu erledigen hat, und Faulheit ist Sünde. Mein schlechtes Gewissen veranstaltet Freudentänze. Hat Altwerden nicht auch mal bedeutet, Ruhe zu haben? Von den Anforderungen im Hamsterrad freigestellt zu sein, sich einigeln zu dürfen und fünfe gerade sein zu lassen? Dabei ein schönes Loch in die Luft gucken und seinen Gedanken nachhängen. Vielleicht kommt das ja später. Vorerst ist noch Leistungsschau angesagt. Alter ist das Ding, das man managen muss.

Wenn man Cellulite, eine Wampe und einen dicken Hintern hat, ist man eine faule Sau. Die zwanzig Minuten am Tag für Gymnastik, die hat man doch!

Schöne Aussichten: Was mache ich, wenn ich meinem Heißhunger auf Käsebrote nicht mehr nachgeben darf, wenn man mir die Freude am Wein mit vernünftigen Reden endlich ausgetrieben hat, wenn ich über meinen Cholesterinspiegel nachdenken soll, bevor ich ein Stück Sahnetorte esse?

Wann wird es so weit sein, dass ich lieber schlafen gehe, als mit DHL die Nacht zum Tag zu machen?

Eine durchgemachte Nacht sieht man dir heute noch tagelang an.

2. Juni

Du musst Karotten essen, ereiferte sich DHL am Telefon, Vitamin A, das ist gut für die Augen! Dabei habe ich mich nur ein bisschen darüber beklagen wollen, dass eines meiner größten Vergnügen, nämlich abends im Bett zu lesen, wegen verrutschender Lesebrille jetzt genauso getrübt ist wie meine Sehschärfe. Auf ein tröstendes, aufmunterndes Wort hatte ich gehofft! Vielleicht hatte ich sogar ein ganz kleines bisschen darauf spekuliert, dass er mal wieder eine Bemerkung über meine schönen langen Wimpern macht oder wenigstens erwähnt, dass Grün mit braunen Punkten eine sehr magnetische Augenfarbe ist. Gekriegt habe ich eine Anweisung, was ich essen soll. Na toll.

Einen weiteren Hit in der langen Reihe der Ratschläge, die auch Schläge sind: Quark und Joghurt (Kalzium!) helfen gegen Osteoporose. Broccoli (Antioxidanzien!) ist gut gegen Krebs. Grünes Gemüse schützt vor Arteriosklerose (Folsäure!). Lachs (Omega-3-Fettsäuren!) wirkt gegen Depressionen. Kürbiskerne stützen die Blasenfunktion, und weil die Verdauung bei älteren Menschen gern schwächelt, sollte man immer schön Ballaststoffe zu sich nehmen.

Dass Essen immer häufiger nicht mehr einfach als gut und gern essen daherkommt, sondern neuerdings wieder einem höheren Zweck dient und weisungsgebunden vonstatten gehen soll, nervt sehr. Und genau in dem Moment, wo es mich am meisten nervt, fällt mir meine Oma ein. Sie war schon vierundachtzig, als der Arzt ihr das Kuchenstück am Nachmittag verbot. Sie war sehr genügsam, meine liebe Oma, und hat sich beim Essen jedenfalls nie Exzesse erlaubt. Aber das Stückchen Apfelkuchen war der Höhepunkt ihres Tages. Und nun bewachten Tochter und Schwiegertochter die Einhaltung des ärztlichen Gebots! Ich bin heute noch stolz darauf, dass es mir gelungen ist, das Stückchen Kuchen, sooft meine Oma mich darum bat, heimlich beim Bäcker zu kaufen und an den Argusaugen der Verwandtschaft vorbeizuschmuggeln.

Zu essen, um dies und das zu erreichen, nicht mehr einfach nur, weil's Spaß macht und schmeckt, fühlt sich für mich hochgradig schwachsinnig an. Es kann doch kein Zufall sein, dass das Älterwerden ähnlich wie das Kinderkriegen erwachsene Menschen offenbar in bedürftige Exemplare verwandelt, die bestimmte Ernährungsvorschriften von Experten befolgen müssen, um dies und das zu bewirken. Mit der Schwangerschaft wird man plötzlich zum Objekt gesellschaftlicher

Kontrolle und Bevormundung durch Experten, als wäre man nicht mehr in der Lage, über sich selbst zu entscheiden. Nicht mehr mir allein oblag die Wahl dessen, was ich zu mir nehme – vom Wein bis zum Käse auf meinem Brot –, sondern der medizinisch-pharmazeutische Komplex verbot mir den Wein und den Rohmilchkäse gleich mit. In Frankreich gilt die umgekehrte Regel: Schwangere sollen so viel Rohmilchkäse essen, wie sie wollen, und klar, ein Gläschen Wein hin und wieder schadet nicht. Kein Wunder, dass die Französinnen viel mehr Kinder kriegen als die Deutschen. Alles astreine In-vino-Fertilisationen!!! …

Und jetzt geht das schon wieder los!

Natürliche Vorgänge, wozu doch auch das Altern gehört, werden zu einer Art Krankheit umgelabelt, zum Defizit degradiert und deshalb besonderer Überwachung unterworfen. Behandlungsbedarf wird konstatiert. Damit lassen sich Millionen verdienen. Ernährungsvorschriften in bestimmten Lebenslagen sind erst die Vorhut. Medizinische Observationen, chirurgische Interventionen und frei flottierender Anti-Aging-Aktivismus, nackte Angstmache in den Werbespots vor der Tagesschau machen uns spätestens jenseits der Fünfzig zum lukrativen Geschäftsfeld, auf dem die jahrelang routinierte Selbstoptimierung im Job, in der Familie, in der Liebe erneut zum obersten Gebot erhoben wird: jetzt auch beim Älterwerden. Das schlaucht und macht uns zum schlecht gelaunten Kunden des Unzufriedenheitsgeschäftes. Aus dem gesellschaftlichen Wahn, gegen alles etwas tun zu können, erwächst der Zwang, es auch tun zu müssen. Also ernähren wir uns supergesund, um superfit ein superlanges Leben zu haben. Das Beste ist gerade gut genug. Und schon stürmen wir ergrauten Schabracken und unsere gleichaltrigen Zausel die Bioläden, während ein großer Rest der Welt froh wäre, überhaupt etwas auf dem Teller zu haben. Bio kann mich mal, ich werde bald fünfzig und will alle Konservierungsstoffe haben, die es für Geld zu kaufen gibt!

Hey, Essen macht nicht schön und auch nicht klug, schon gar nicht jung, sondern satt. Was genau ist an dieser schlichten Tatsache nicht zu verstehen? »Kann ich Karotten auch essen, weil sie mir gut schmecken?«, habe ich deshalb zurückgepampt.

»Jetzt krieg dich mal wieder ein!«, sagte der DHL in diesem leicht amüsierten Ton, den ich so sehr liebe. »Aber in unserem Alter muss man vorsichtig sein! Ich schlucke jeden Tag zehn Vitamintabletten, da bin ich auf der sicheren Seite.« Geschmeidig wich er meiner nächsten Tirade aus, indem er ihr einfach den Boden entzog: »Soll ich dir auch welche schicken, oder darf ich dich bald mal wieder zum Essen einladen?« Ich bin sofort eingeknickt. Und wie er das darf! Genau genommen esse ich mit ihm am liebsten. Was zieh ich bloß an? Die Jeans ist im Moment ein bisschen eng. »Du weißt doch«, er ließ seine Stimme ins Tiefe vibrieren. »Essen ist der Sex des Alters.«

Von wegen. Träum weiter. Gut kacken ist der Sex des Alters!

9. Juni

Eigentlich wollte ich heute zuerst zum Sport, dann an den Schreibtisch und abends mit Christiane ins Kino. Und eigentlich war das ein guter Plan, um einen soliden Sonntag zu verbringen, der am Ende auch noch mit einem Vergnügen winkt. Aber vor allem wäre es ein Sonntag, der dem schlechten Gewissen keine neuen Steilvorlagen bietet wie der letzte, weil ich mal wieder zu faul für Crosstrainer und Pilates war. Auf Bett-Tage müssen Bußtage folgen, vielleicht ist das die Regel, überlegte ich. Oder war das die Unke?

»Eigentlich« ist eigentlich ein schönes Wort. Charlotte steckte den Kopf durch die Tür und zeigte sich mit zwei unwiderstehlich dampfenden Kaffeetassen bewaffnet. Ob ich heute schon was vorhätte, sang sie lieblich wie Musik und ratterte gleich los. »Ich habe den ersten Tag seit Langem frei, und da habe ich mir überlegt, dass es doch toll wäre, wenn wir beide jetzt ins Cabrio steigen und nach Werder fahren. Da gehen wir auf den Markt und kaufen Erdbeeren, danach gehen wir zu Arielle und essen Pommes. Auf dem Weg zum Ufer lade ich dich noch zu einem Eis ein, und wir spazieren zum Wasser. Da ziehe ich mich dann aus und spring rein, und du setzt dich auf den Steg und guckst mir beim Schwimmen zu. Was meinst du?«

Schwach verteidigte ich meinen eigentlichen Plan, da winkte sie schon ab. »Ach, komm schon, nur wir beide. Lass doch mal die blöde Arbeit und mach frei. Dann kannst du morgen auch viel besser arbeiten.« Dann schiebt sie das K.-o.-Argument hinterher. »Ich geh doch im November nach Neuseeland, dann könntest du bereuen, wenn du mich jetzt wegschickst. Bald bist du alleine mit Leander, und der macht bestimmt keine Ausflüge mit dir. Nicht mal, wenn du ihn dafür bezahlst. Kennst ihn doch.«

Schon überredet. Ich sehe meinen Jüngsten selten. Entweder ist er in der Schule oder chillt mit Freunden. Dazwischen reift er im Halbdunkel hinter der verschlossenen Zimmertür wie guter Wein, bei nur mäßigem Wenden. Nach einem weiteren Jahr Liegezeit bis zu Abi will auch er ausziehen. Charlottes Reife-Route führt bald nach Neuseeland. Und wohin führt meine?

Ich wischte den trüben Gedanken meiner drohenden Mutter-Entbehrlichkeit schnell weg, bevor er Fuß fassen und mich mit harten Fragen bombardieren konnte. In einem knappen Jahr werde ich nicht nur fünfzig, sondern auch allein sein, denn dann sind sie alle vier aus dem Haus. Was mache ich dann bloß? Muss ich mich dann wie Madonna neu erfinden? Aber mich gibt's doch schon! Die Kinder werden mich bestimmt immer mal besuchen. Ich darf nur nicht den Fehler meiner Mutter machen, schon im Juli zu fragen, ob sie Weihnachten »nach Hause« kommen.

Als ob die Altersheime nicht voll mit vielfachen Müttern wären, die auch am Wochenende vergeblich auf Verwandtenbesuch warten.

»Wir können gleich los!«, rief ich Charlotte zu und sprang aus dem Bett. Na ja, es war fast ein Sprung. Wenn ich nämlich aus dem Bett springe, wie ich das mein ganzes Leben lang getan habe, um dieses irre Gefühl zu provozieren, schon beim Anblick des blauen Himmels Bäume ausreißen zu wollen, wird mir neuerdings leicht schwindelig. Ob das was zu bedeuten hat? Wofür könnte das ein Anzeichen sein? Pah, so fit wie ich war meine Mutter mit fast fünfzig nicht!

Bild dir keine Schwachheiten ein. Besser wird's nicht.

Stunden später sind wir losgefahren. Es hatte dann vor dem Spiegel noch etwas länger gedauert. Charlotte hatte alle Miniröcke, geblümte Jumpsuits, bunte Sommerkleider,

Shorts, Flatterhemdchen, Spaghetti-Träger-Tops und wurstpellenengen Jeans durchprobieren müssen, um echt heiß auszusehen, wie sie betont hat. Das scheint mir für einen Ausflug mit der alten Mutter ein unvertretbarer Aufwand, hätte ich fast gesagt. Doch ich behielt den Satz vorerst für mich. Sie ist da sehr empfindlich, besonders wenn sie jede einzelne Klamotte mit glitzernden Riemchensandalen, bunten Flipflops oder zerlatschten Chucks kombiniert und meinen Kommentar einfordert. Eine einzige falsche Bemerkung wie etwa: »Hast du eigentlich keine anderen Sorgen?« kann alles verderben. Also saß ich still auf ihrem Bett, während sie sich vor dem Spiegel drehte und wendete, ihren Phantom-Bauch beklagte, die Haare zusammenband oder doch lieber offen, was meinst du, nein, lieber erst noch mal waschen … Ich beobachtete die Zeremonie mit der zurückhaltenden Neugier eines Forschers, der im Dschungel überraschend auf ein von der Zivilisation bisher vergessenes Naturvolk gestoßen ist und die seltsamen Gebräuche nicht stören, aber beobachten will – sozusagen diskret hinter der Palme verborgen, die er aus Angst vor dem Zorn der Eingeborenen und dem Hagel ihrer Giftpfeile nicht besteigen will.

Nach zwei Stunden konnte ich dann aber doch nicht mehr an mich halten. »Du wolltest nur mit mir und nicht mit Brad Pitt einen Ausflug machen!« Sie konterte: »Was ist, wenn Orlando Bloom bei Arielle sitzt und ein Fischbrötchen isst?«

Gut, dass dieser Fall nicht eintritt, kann noch nicht einmal ich garantieren. Mir wäre es aber auch egal. Genauso wie die leidige Kleiderfrage. »Ich würde jetzt echt gerne los!«

Wir haben es dann tatsächlich noch geschafft. Ein Rausch in Grün, die Fahrt durch Brandenburger Alleen. Radio Paradiso schmalzte schön dazu, wir sangen laut mit, dann leiser. Charlotte schaltete das Radio aus. Sie wollte reden und mich mit allen Details ihrer vergangenen Woche bekannt machen. Ich fuhr mit Schwung und hörte zu, machte hin und wieder zustimmende Muttergeräusche und freute mich an dem lichten, prall blühenden Sommersonntag um mich herum und fühlte mich so richtig mittendrin. Mitten ins Leben geschwänzt, in sicherer Entfernung zu den Forderungen von Schreibtisch, Crosstrainer und Gummimatte.

Kurz vor dem Abzweig nach Werder blieben wir an der Ampel stehen. »Ach, es ist wunderbar, so jung zu sein!«, jauchzte sie plötzlich, strahlte mich an und warf die Arme in die Luft. »So viele gucken hinter einem her, man kriegt dauernd Komplimente«, rief sie – und stockte. »Aber jetzt werd' nicht traurig …« Ich? Wieso? Dann spürte ich, wie sich in meiner Kehle, die sich plötzlich kratzig anfühlte, ein einzelner tot geglaubter Satz nach Jahrzehnten hochrappelt und auf den Weg ins Freie macht. Schon schlüpft er hinaus. »Ich war doch auch mal jung.« Verblüfft schauten wir uns an. »Stimmt ja«, flüsterte sie dann nachdenklich. »Sieht man immer noch ein bisschen.«

Ich konnte nicht glauben, dass ich das wirklich gesagt hatte. Bislang wusste ich nicht einmal, dass es diesen Satz noch gibt, den ich von meinen Eltern, Großeltern, alten Tanten und Verwandten als Kind so oft gehört habe und bei dem ich mir nie so recht vorstellen konnte, wie das wohl gewesen sein könnte. Die liebe, runzlige Oma als junges Mädchen mit Zöpfen im Sommerkleid? Auf den verblichenen Fotos, die sie mir zum Beweis ihrer Behauptung zeigte, kamen die Oma und das Mädchen nicht zusammen. Dass die eine aus der anderen erwachsen war und auch ich eines Tages zu einer anderen werden würde als dem kleinen Mädchen, das ich damals war, konnte ich nicht recht glauben. Schon gar nicht, dass ich irgendwann mal auch so viele Falten haben würde wie sie. Jetzt, wo mir Omas Sätze rausrutschen, weiß ich's besser, sage ich zu dem Mädchen in meiner Erinnerung, das behauptet, ich zu sein.

Am Seeufer in Werder gibt es fünf verschiedene Stege, die in einem Abstand von ungefähr hundert Metern aufgebaut sind und mit kleinen Treppen an der Seite zum bequemen Einstieg laden. Die Wahl gestaltete sich schwierig. Ich hatte ohne lange zu überlegen den ersten angesteuert, einfach weil er leer war. Doch Charlotte zog mich weiter. Am zweiten hockte ein dicker, alter Mann und hielt versonnen seine Angel ins Wasser. Charlotte schüttelte kurz den Kopf, und ich trabte brav weiter. Auch der dritte fand keine Gnade vor ihren Augen. Ein Rudel kleiner Jungs präsentierte sich mit Arschbombe und Köpper vor ein paar giggelnden kleinen Mädchen, die auf dem Steg rumhampelten. Immer wieder warf man sich gegenseitig ins Wasser. Wir gingen weiter. Energisch stapfte Charlotte auf den vierten Steg zu. Da legte sich gerade ein sehr junges Paar in der Sonne zurecht. Charlottes gerecktes Kinn ließ keinen Zweifel, und wir setzten uns am anderen Ende des Steges nicht zu nah dazu. Ich warf einen langen Blick auf mädchenhaft glatte Haut, silberne Wassertropfen rannen aus langen Haaren. Die Nixe richtete konzentriert ein paar Schleifen an ihrem winzigen Bikini, der junge Mann schaute ihr dabei zu, die Augen hinter einer dunklen Sonnenbrille verborgen. Langsam glitt seine Hand über ihre nackte Schulter, sie gab sich unbeeindruckt und peitschte mit ihren langen Haaren die Sommerluft. Dann sah ich, wie Charlotte sich aus der Jeans pellte und darunter ihr pinkfarbener, über und über mit Pailletten besetzter Bikini zum Vorschein kam. Es war das einzige Kleidungsstück, dessen Verwendung heute von Anfang an klar war. Charlotte sprang ins Wasser, prustete, japste, lachte und schwamm ein paar Züge zur Mitte des Sees. Eingehüllt in die warme Luft, reckte ich mich und ließ mich durch den Stoff von Jeans und T-Shirt von der Sonne wärmen. Eine goldene Ruhe durchströmte mich, etwas fiel von mir ab. Ich glaube, es war der Attraktivitätsstress, der sich in kleinen Bröckchen von mir löste und der bisher in jedem Sommer meines Lebens viele bange Fragen aufgeworfen hat. Aus dem Diktat, möglichst einwandfreie und möglichst viel möglichst knusprig gebräunte Haut zu zeigen oder jedenfalls seine Formen so geschickt zu verhüllen, dass man möglichst viel davon sieht, fühlte ich mich auf einen Schlag entlassen. Der Druck, der aus den vorweggenommenen Blicken der anderen erwächst, vor denen ich bestehen muss, er ließ nach. Das scheele Messen und Messenlassen, das Schulhöfe, Straßen, Kneipen, den Strand, einfach jeden Ort in einen Catwalk verwandelt hat – vorbei. Ich fühlte mich plötzlich frei, bei mir zu sein und da auch bleiben zu dürfen. Nein, ich muss mir nicht mehr die Kleider vom Leib reißen, sobald der erste Sonnenstrahl durch die Wolken bricht, nur um möglichst schnell braun zu werden. Ich muss auch nicht mehr spätestens im Frühjahr anfangen, an der Bikinifigur zu arbeiten, wie ich es freilich auch in all den Jahren nicht getan habe. Bikinis fand ich nie so richtig toll, Badeanzüge waren immer besser, weil sie beim Schwimmen nicht verrutschen. Was nie eine Frage war, ist spätestens seit der vierten Schwangerschaft beantwortet: Bikini geht nicht mehr. Warum also finde ich es ausgerechnet jetzt ganz kurz ein bisschen schade, dass das Thema für mich erledigt ist? Ich schob den Gedanken schnell weg und lenkte auch gleich alle anderen um, die dahinter Schlange standen.

Und schon gar nicht mehr muss ich darüber nachdenken, ob mein Busen zu klein oder zu groß ist, mein Bauch flach genug und meine Beine nicht zu dick im Vergleich zu den entsprechenden Teilen an den Körpern der anderen Frauen, die sie da im Sommer so freizügig darbieten: vordergründig, um Männern zu gefallen, in Wahrheit, um die weibliche Konkurrenz auszustechen. Ich bin raus aus dem Haifischbecken, sagte ich mir. Wozu Energien im Kampf gegen etwas verschleudern, das sich nicht aufhalten lässt? Vielleicht kommt ja etwas ganz anderes zum Vorschein, wenn man nicht gegen die Zeit anzurennen versucht. Wie blöde, ein Leben mehr auf der Optik als auf Substanz aufzubauen! Wo bleibt denn da die Pflege der Geisteskraft? Vielleicht sollte ich alle Kosmetikprodukte, auf denen Worte wie Youth-Code, Capture Totale, Anti-Aging, Q10 und Night Repair stehen, einfach in den Müll werfen, bei null anfangen und Bebe kaufen.

Den Versuch ist's doch wert. Alle machen was! Wenn du nämlich gar nichts machst, wirst du irgendwann die Einzige sein, die noch mit einem alten, verschrumpelten Gesicht herumläuft.

Über diesen zukunftsweisenden Ideen muss ich wohl eingedöst sein und die Unke offenbar mit mir. Sie hielt jedenfalls eine ganze Weile die Klappe. Die Sonne stand hoch und ließ glitzernd die Konturen verzittern. Umarmt von Licht und Wärme sank ich in die Unschärfe dieses Sommertages und fühlte mich kostbare Augenblicke lang aus der immer voranschreitenden Zeit entlassen. Auf wundersame Weise um die Vergleichbarkeit gebracht, die mich im Alter meiner

Tochter unter enormen Druck gesetzt hat (und damals auch schon immer zu deprimierenden Resultaten führte). Ich muss mich nicht mehr optisch und erotisch messen und kann es auch nicht mehr. Zu wollen, was man nicht mehr kann, wäre einfach lächerlich. Zu wollen, was man muss, verspricht wenigstens einen Hauch von Freiheit. Ein verstörender Gedanke: Die jugendliche Schönheit ist ja nicht aus der Welt, sie ist um mich herum, erfreut mein Auge und wärmt mein Herz. Nur bei mir ist sie eben nicht mehr. Aber da ist sie noch.

Charlotte robbte auf den Steg zurück und kniff anklagend in ihr kleines Speckröllchen im ansonsten tadellos straffen, altersgemäß entzückenden Bauch. Dann starrte sie ärgerlich auf ihre schlanken Beine. »Zu dick«, murmelte sie, schüttelte den Kopf, zog die Beine eng an den Körper und sah mich an. »Wenn ich sitze, rollt sich mein Bauch. Wenn ich liege, sehen meine Beine zu dick aus. Wie muss man sich eigentlich hinsetzen, wenn man seine Schwachstellen verstecken muss?« Dass ich keine erkennen kann und sie wunderbar aussieht, mochte sie nicht hören. »Mütter finden ihre Kinder immer schön!«, wies sie mich zurecht. Schon gut, ich weiß inzwischen, dass meine Beteuerungen das einwandfreie Aussehen meiner Töchter betreffend in ihren Ohren so glaubwürdig klingen, als sänge der Ku-Klux-Clan »We shall overcome«.

»Hast du eigentlich keine anderen Sorgen?«, murmelte ich deshalb nur schläfrig. Sie explodierte auf der Stelle. »Doch! Habe ich! Guck mal hier, zwei Pickel auf der Stirn! Aber das ist dir ja ganz egal!« Ach, Kind. Mit neunzehn hätte auch ich mit meinem Aussehen durchaus zufrieden sein können. War ich aber nicht, war ich eigentlich nie. Zu dick, zu dünn, zu flach, zu kurvig, Pickel, strähnige Haare, es gab immer was zu bemängeln. Ich fand immer Unzulänglichkeiten, die direkt in die Verzweiflung führten, so und nicht anders zu sein und bei allem nie gut genug (sprich: besser als die anderen) auszusehen. Nichts daran war frei.

Früher jammerte ich über meine Mängel, jetzt sehe ich sie und kann fast schon drüber lachen.

Dabei gab es doch genug Blicke, die mir sagten, dass ich mir über mein Aussehen keine Sorgen machen müsste. Allerdings witterte ich in jeder anerkennend gemeinten Bemerkung eine scheinheilige Lüge. In jedem Kompliment von Männern verdächtigte ich eine dreiste Anmache oder wenigstens eine dummdreiste, chauvinistische Reduzierung auf Äußerlichkeiten. In jedem Kompliment von Frauen fühlte ich eine Spitze. (War ja auch oft so: Deine Schuhe gefallen mir von Jahr zu Jahr besser! Du hast zugenommen, steht dir gut!) Und heute ertappe ich mich dabei, bei jeder noch so unaufrichtigen Schmeichelei innerlich zu schnurren, mehr davon zu wollen und deshalb kokett zu widersprechen. Anstatt einfach Danke zu sagen und die Sache auf sich beruhen zu lassen.

Und übrigens hat die Frage deiner Mutter, ob du eigentlich keine anderen Sorgen hast, dich damals auch auf die Palme gebracht.

12. Juni

Langsam wird's bedenklich: Heute morgen habe ich mir die Zähne mit Handcreme geputzt. Natürlich aus Versehen, nicht aus Schusseligkeit, sondern aus echtem VerSehen. Die beiden Tuben sind weiß, etwa gleich groß, gleich leer oder voll, je nachdem. Sie tragen unterschiedliche Beschriftungen, die aber in gleicher Farbe. Wenn das so weitergeht, muss ich wohl doch eine Brille tragen. Eine Gleitsichtbrille. Himmel hilf!

17. Juni

Heute war ich mit Ulrike in der Sauna. Wir nehmen uns das immer für die Woche zwischen den Jahren vor, weil es eine gute Methode ist, das alte Jahr rauszuschwitzen und dem neuen frisch gewaschen entgegenzutreten. Und wir sind jedes Jahr stolz, wenn wir es bis zum Sommer geschafft haben, uns einen Tag von allen Pflichten loszureißen und eine Pause einzulegen. Heute haben wir den sportlichen Teil klein gehalten und den Planschteil erweitert. Well und weller fühlten wir uns nach jedem Saunagang. Beim finalen Rumliegen auf der Dachterrasse erzählte Ulrike mir dann von ihrer Arbeit. Ich höre ihr gern zu, weil in jeder ihrer Geschichten die wundersame Veredelung von banalen, nervigen und stressigen Erlebnissen zu hochgradig komischen und seltsamen Begebenheiten gelingt, über die wir uns dann sehr gut amüsieren können. Sie arbeitet im Showbusiness und taucht Bühnenstars in Licht- und Flammenmeere, lässt Blitze krachen und Feuerfontänen aufschießen, wo gewünscht. Deshalb wird sie auch zu Proben von Rockbands eingeladen, wo sie zeigt, was es alles gibt. Die Damen und Herren Stars wählen dann aus, wie sie illuminiert und ihre Darbietungen effektvoll verziert werden wollen.

Heute sprach sie von einer Band, so richtig alten Rockern, die seit Ewigkeiten im Geschäft und sehr berühmt sind, weswegen ich auch niemandem den Namen verraten dürfte, denn dann gäb's für sie Ärger mit dem Management. »Stell dir das mal vor«, sagte sie. »Alle drei in hautengen Lederhosen, die an den Seiten geschnürt sind. Alle mit Chucks an den Füßen, Hoodies an und Lederwesten drüber. Kappe auf dem Kopf. Der Sänger hat sich bei der Probe noch nicht mal aus dem Ledersofa erhoben und hat im Sitzen gesungen. Ist ja auch schon über siebzig.« Sie schüttelte den Kopf und rollte die Augen. »Versteh mich nicht falsch, ich hab gar nichts gegen alte Männer. Aber wenn die Probe alle zehn Minuten unterbrochen werden muss, weil einer von denen aufs Klo muss! Das dauert ziemlich, denn überm Hosenlatz sind sie ja auch geschnürt!« Sie tippte sich an die Stirn, und wir kicherten. »Der Drummer ist ein sehr weißhäutiger Engländer. Der trommelt oben ohne! Er reißt sich in der Show das T-Shirt vom Leib und trommelt sich in Ekstase. Wie das aussieht, wenn die weite, welke, tausendfach zerknitterte Haut um ihn herumwabert und dazu die Nippel im Takt mitschleudern!« Sie schüttelte sich und holte tief Luft. »Dann springt er auf seine Drums und wird wie von Geisterhand hoch über die Bühne gehoben! Er ist zweiundsiebzig! Wie kann man sich in dem Alter noch so aufführen? Diese ganze Attitüde von Protest und Revolte und Rock 'n' Roll! Aufbegehren, gegen was denn? Das ist doch unwürdig. Lächerlich!«

»Vielleicht gehört das einfach zum Geschäft«, versuchte ich eine lahme Verteidigung. »Vielleicht wollen die Fans ihre Idole so sehen, und deswegen müssen sie halt mitspielen.«

Sie zuckte mit den Schultern und winkte müde ab. »Ja klar, die Pose. Aber es ist und bleibt peinlich!«

Ob sie denn am Ende den Auftrag bekommen habe, fragte ich. »Nee«, sagte sie und konnte sich kaum halten vor

Lachen. »Sie haben sich alles angeschaut. Die Feuerschalen, die Kracher, die Blitze, die Fontänen. Die spielen seit hundert Jahren dieselben Lieder in immer gleichen Posen, und ich wette, selbst du kannst die Hälfte der Songlist mitgrölen. Und dann haben sie mir keinen Auftrag erteilt, weil sie meinten, bei den Effekten wäre ja nichts Neues dabei.«

Schon merkwürdig: Dürfen alte Männer nun enge Lederhosen tragen oder nicht? Was ist das für eine Würde, die gefühlt Schaden nimmt, wenn man sich viel zu jugendlich in Szene setzt? Runzlige Haut, heisere Stimmen, morsche Knochen, graues Haar, aber immer noch die gleiche Attitüde wie ein knackiger Zwanzigjähriger. Es darf auch mal etwas lauter werden, die Gitarre aufjaulend, der Stemmschritt etwas breiter? Sind das jugendwahnsinnige unterbelichtete Musiker, die es nicht schaffen, in Würde zu altern? Treibt die Senilität sie zur befremdlichen Kraftmeierei? Echte Rocker sterben früh, das gilt als ausgemacht: Jimi Hendrix oder Jim Morrison als falsche Fuffziger auf der Bühne – unvorstellbar. Der Mythos des Rock 'n' Roll ist in Stein gemeißelt: Die Geburt der Rockmusik aus dem Geist der Jugendlichkeit, die eben nur junge Musiker in die Lage versetzt, authentische Rocker zu sein. Alte Kerle, die auf jung und frisch und rotzig machen, kommen nicht glaubhaft rüber, sondern lächerlich. Beschimpft mich, stellt mich an den Pranger, jagt mich aus der Stadt. Aber das ist mein Gefühl, wenn ich so was sehe.

Vor fünfzig Jahren hätte ich mich allerdings auch nicht so kleiden können, wie ich das jetzt tue. In Jeans und Chucks hätte man mein Aussehen wohl für höchst unangemessen gehalten. Aber in den Siebzigerjahren wäre auch eine Kanzlerin unvorstellbar gewesen, erst recht eine in Hosenanzügen.

Trotzdem: Bin ich eigentlich die Einzige, die mit Beklemmung reagiert, wenn in Konzerten Künstler, deren Stimmen einen durch die Pubertät begleitet haben, wie die Untoten immer wieder auftreten? Die Puhdys, die Scorpions, die Rolling Stones klammern sich um jeden Preis an eine längst vergangene Jugendlichkeit. Selbst Pink Floyd ist wieder da, Deep Purple wieder auf Tour. Michael Jackson toppt sie alle. Er gibt posthum Konzerte, auferstanden als Hologramm. Wenn Mick Jagger mit siebzig noch über die Bühne hopst wie ein balzender Teenager im Hormontaumel, wenn ein alter Mann lendenzuckend den Liebesmond anheult: Was ist eigentlich die Botschaft? Dass es möglich ist, in Richtung ewiger Jugend zu überzeugen, indem man das Alter einfach leugnet? Aber vielleicht macht er das ja auch, damit die Jüngeren nicht erschrecken, wenn sie an ihr eigenes Alter denken.

Er nutzt einen Teleprompter bei Konzerten, der versteckt in seine Lautsprecher eingebaut ist. Darauf werden Texte der Stones-Titel eingeblendet und der Name der Stadt, in der sich die Band gerade aufhält. So stand's in der britischen *Sun* vor knapp zehn Jahren anlässlich der »A Bigger Bang«-Welttournee. Zitiert wurde ein Vertrauter: »Mick wird auch nicht jünger.« (Ach was?) »Es wäre doch peinlich, wenn er nach vierzig Jahren den Text von *Satisfaction* vergessen würde.« Genau andersherum wird ein Schuh draus: Ich finde es peinlich, wenn ein über Siebzigjähriger davon singt, dass er immer noch nicht genug kriegen kann. Wäre es nicht ein Segen, von Dingen, die einen mit zwanzig, dreißig und vierzig in hormonell bedingten Aufruhr versetzt haben, im Alter von zweiundsiebzig Jahren endlich befreit zu sein und einen gelassenen Blick auf das Treiben werfen zu dürfen? Die Musik, die Songs der Stones und vieler anderer

Rocker wird doch überdauern, selbst wenn die jugendlichen Posen längst zu Staub zerfallen sind.

Ich frage mich, wo eigentlich die Assoziation zwischen alt und weise geblieben ist, die immerhin ein vages Versprechen formuliert, nicht nur die Jugend, sondern auch die hitzige Drangsal und Ich-Besessenheit zu verlieren und auf der Zielgeraden mit durchlässiger Klugheit und Gelassenheit belohnt zu werden. Sagen Sie's mir. Wo?

18. Juni

Nachtrag. Der Kopf passt einfach nicht dazu, der ganze Kerl passt nicht zu dem, was er singt. Auf eine abstoßende Weise nachsexualisiert. Es gibt dieses Gegenstück am anderen Ende des Lebens: die amerikanischen Schönheitswettbewerbe, in denen kleine Mädchen in Frauengestalt gegeneinander antreten, vor der Zeit sexualisiert. Man färbt ihnen die Haare, bräunt ihre Haut und setzt ihnen falsche Zähne ein, damit man die Milchzähne nicht sieht. Knappe Kleider, Bikinis, Stöckelschuhe, das ganze Make-up: verstörend, weil Erscheinung und Alter nicht zusammenpassen. Wenn Siebenjährige Push-ups und Glitzerstrings tragen, versuchen sie eindeutig, Erwartungen zu erfüllen, für die sie zu jung sind. In scharfen Posen und gestylt wie Erwachsene – von ihren Müttern, die auf Berühmtheit hoffen, und von einer florierenden Industrie, die die feministische Forderung nach sexueller Selbstbestimmung in eine Falle für junge Mädchen verwandelt hat. Fürs Geschäft werden sie zu affigen Puppen mit Schmollmund und Schlafzimmerblick gemacht, die nicht spielen oder lernen, sich selbst zu spüren oder einfach mal motzend in der Ecke zu sitzen – sich den Aufgaben ihres Lebensalters zu widmen.

19. Juni

Heute kam ich an der Baustelle des Berliner Stadtschlosses vorbei. Bei diesem Anblick ging mir durch den Kopf, dass es sich hier genau umgekehrt verhält wie bei alten Rockern und kleinen Schönheitsköniginnen. Innen wird alles neu gebaut, außen wird aus Gründen nostalgischer Optik eine Nachbildung der alten Schlossfassade angeklebt. Altersverleugnung revisited! Bei Schlössern und Freunden gilt doch: Alter und Wert wachsen mit der Zeit.

20. Juni

Zusammen mit Matthias, meinem alten Freund, hihi, habe ich heute die Ausstellung »West-Berlin« über die Geschichte der geteilten Stadt besucht: »Eine Insel auf der Suche nach Festland« in fünf Jahrzehnten, wie es im Katalog heißt. Ab den Achtzigern konnten wir die ausgestellten Fotos und Plakate mit dem eigenen Augenschein jener Jahre abgleichen. Ab da waren wir dabei! Eine sentimentale Anwandlung nach der anderen holte uns ein, als wir vor den Devotionalien aus der Hausbesetzerzeit festhingen. Wenn einen die eigene Jugend aus dem Museum anguckt, sprudelt die Erinnerung los und setzt komplizierte Gefühle frei. Wir überhäuften uns mit Geschichten wie Stalingrad-Veteranen und lachten viel, auch wenn das manchmal wie Pfeifen im dunklen Wald klang. Früher ist uns ganz selten mal etwas aus der Vergangenheit eingefallen. Und jetzt? »Weißt du noch? Damals? Früher?«, höre ich uns immer öfter sagen. Sind wir denn schon so weit aus der Zeit gefallen? Der verbale Fall-out der verrinnenden Zeit, die grauen Scheitel, zurückweichenden Haaransätze, schwellenden Bäuche und sich trübenden Augen legen sich wie Mehltau auf die Gegenwart. Ich muss unbedingt wieder damit aufhören, bevor ich nur noch in Vergangenheit und Früher-jetzt-Gegenüberstellungen schwelge und meine Kinder mich noch öfter deshalb auslachen. Notorische Jugend-Nostalgie erlaube ich mir ab sofort nur noch episodisch mit Gleichaltrigen. Wir erinnern uns gegenseitig: Den Kaffee namens Sandino-Dröhnung, den kennt heute doch niemand mehr. Das Foto von der brennenden Wanne am Nollendorfplatz mit dem Titel »Was tun, wenns brännt?« hing damals in jeder Besetzerküche.

Die gesprühten Parolen an den Hauswänden des West-Berliner Biotops, bevölkert von Ökos, Müslis, Punks und linken Spießern, in das ich so zielstrebig aus der Kleinstadt gezogen war, setzten Kaskaden von Erinnerungen in Gang: Instandbesetzen statt Kaputtbesitzen. Schade, dass Beton nicht brennt. Macht kaputt, was euch kaputt macht. Legal-illegal-scheißegal. Haut die Bullen platt wie Stullen. Und, um Himmels willen, Schwanz ab.

Matthias hat nur schief gelächelt, dann seufzend abgewinkt und auf die Wand gedeutet. Auf dem rechten Foto waren Demonstranten zu sehen, manche vermummt. Steine flogen, Polizisten prügelten. Man rannte hin und her, reckte die Fäuste oder den Knüppel. Auf dem linken Foto waren fröhlich winkende Hausbesetzer zu sehen. »Wie jung wir doch waren!«, murmelte er erstaunt.

Was für unreife Kindsköpfe ihr doch wart!, brummt die Unke.

Ich zog ihn zu einem Foto, das eine Gruppe junger Leute zeigte, die Transparente und Schilder hochhielten, alle splitterfasernackt. »Tunix-Kongress 1978«, rief er, »Gründungsmoment der Alternativbewegung, das war vor deiner Zeit!« Ich überging den triumphierenden Unterton und starrte fasziniert auf die pelzigen Dreiecke in der Körpermitte der nackten Protestler, naturbelassen. »Auch das war früher anders«, sagte ich zu Matthias. »Heute ginge das gar nicht mehr, ohne sorgfältig getrimmte Schamhaarfrisur kannst du dich unter keiner Dusche im Fitnessstudio oder Schwimmbad mehr sehen lassen.« Er zuckte mit den Schultern. »Nicht nur das. Früher gab's ja auch noch wollige Waden, Brustpelze und buschige Achselhöhlen.« Er prustete los. »Früher war eben auch nicht alles besser.« Dann holte er zu einer Lektion in vergleichender Ästhetik aus, die mich ins Grübeln brachte. »Heute herrscht das Schönheitsideal des vorpubertären unbehaarten Körpers. Das kommt ursprünglich aus der Pornoindustrie und hat jetzt seinen Weg in die Mitte der Gesellschaft gefunden. Herrlich haarlos, das ist das neue Ideal. Sogar Männer rasieren nicht mehr nur den Bart.« Ist mir auch schon aufgefallen, danke! Ein wenig peinlich berührt dachte ich an meine Pieksbeine, gnädig von der Jeans bedeckt. Es war einfach keine Zeit mehr heute Morgen, ehrlich. Aber ich kümmere mich drum, versprochen, gleich heute Abend. Das habe ich natürlich nicht laut gesagt.

21. Juni

Auf dem Wochenmarkt habe ich Hannes getroffen. Wir haben uns vor Jahren bei einer Vernissage in seiner Galerie kennengelernt und sind danach beim Italiener ins Quatschen gekommen. Ein paar Mal waren wir noch spazieren, im Kino, im Restaurant, und dann ist die Sache eingeschlafen. Schade drum, aber so ist das nun mal. Nicht jeder Keim geht auf. Heute stand er plötzlich vor mir, und wir haben uns beide über das Wiedersehen gefreut. Dass er letzte Woche vierzig geworden sei, erzählte er, und sich ziemlich gut damit fühle. Dann beschwerte er sich über seine siebzigjährige Mutter, die immer noch Siebzig für das neue Fünfzig verkaufe und dieses Thema strikt meide.

Dieses Thema? »Die Vorbereitung auf das Sterben«, sagte Hannes, und mir ist es gleich eiskalt den Rücken hinuntergelaufen. »Ignoranz ist gut und schön, aber die rituelle Vermeidung des Gedankens an die eigene Endlichkeit bringt doch gar nichts. Geht es beim Älterwerden nicht auch darum, sich allmählich an die Tatsache zu gewöhnen, dass die Möglichkeiten weniger werden und das Leben sich neigt? Darüber denke ich doch jetzt mit vierzig schon nach, auch wenn die Grenze hoffentlich noch weit entfernt liegt.« Er seufzte. »Aber nein! Meine Mutter ist mit dem großen Aufbäumen beschäftigt. Das kann doch noch nicht alles gewesen sein, das ist ihr neues Mantra. Vor zwei Monaten hat sie meinen Vater verlassen, um noch einmal etwas ganz Neues anzufangen.«

Ich war etwas ratlos und zog die Schultern hoch. »Ist doch schön!«

Er seufzte. »Ich bitte dich, mit siebzig!«

Wir haben uns dann schnell verabschiedet, aber vorher

habe ich ihm noch für alle Fälle meine Visitenkarte zugesteckt. »Old school«, grinste er. »Ich schick dir ne WhatsApp. Bist du bei Facebook?« Ja, geht's noch? Dieser Schnösel. »Ich nutze Facebook und Instagram«, habe ich sehr langsam und deutlich gesagt. »Fünfzig zu werden macht einen noch lange nicht zum Tech-Trottel.«

Er tätschelte meinen Oberarm und lächelte. Das sollte wohl beruhigend wirken. »War nicht so gemeint. Vielleicht treffen wir uns mal wieder und widmen uns DEM THEMA. Du bist ja nicht so'n Vermeider.«

22. Juni

Habe mal wieder ein Buch gefunden, aber vielleicht war es auch genau andersherum? In Hannover, in der Bahnhofsbuchhandlung hat mich das Cover geradezu angesprungen: *5 Dinge, die Sterbende am meisten bereuen.* Als da wären:

1. Ich wünschte, ich hätte den Mut gehabt, mir selbst treu zu bleiben, statt so zu leben, wie andere es von mir erwarten.
2. Ich wünschte, ich hätte nicht so viel gearbeitet.
3. Ich wünschte, ich hätte den Mut gehabt, meinen Gefühlen Ausdruck zu verleihen.
4. Ich wünschte, ich wäre mit meinen Freunden in Kontakt geblieben.
5. Ich wünschte, ich hätte mir mehr Freude gegönnt.

Hm. Vielleicht mal früher an später denken, anstatt später immer nur an früher.

29. Juni

Nur Mut. Ich wollte es wirklich versuchen, aber ich habe es nicht geschafft. Nur vom Nachdenken und Schreiben über das Sterben und von der Auseinandersetzung mit der Gewissheit, dass die Grenze näher rückt, stirbt man ja noch nicht. Aber irgendetwas in mir wurde plötzlich stocksteif, ein kurzer Schreck fegte mir mit eisernem Besen den Kopf leer. Das stimmt ja! Theoretisch schon immer, aber jetzt rückt er auch in Wirklichkeit näher: der Lattenzaun am Ende meiner Welt. Dabei denke ich gar nicht oft an den Tod, jedenfalls nicht an meinen eigenen. Vor dem Tod anderer Menschen, die ich liebe, habe ich ständig große Angst, wahrscheinlich weil ich mir ihren Tod leichter vorstellen kann als meinen eigenen. Und so male ich mir beinahe zwanghaft bei jedem Abschied, jedem längeren Schweigen, jeder längeren Abwesenheit aus, was meinen Kindern, meinen Freunden und DHL Schreckliches zustoßen könnte, und gerate darüber augenblicklich in Panik. Ich würde gerne daran glauben, dass meine Seele sich damit selbst kuriert: Die Angst und das Ausmalen sind ein magischer Schutz davor, dass die Dinge in Wirklichkeit passieren. Aber so viel ist sicher, wir alle werden sterben.

Morgen ist auch noch ein Tag.

Du musst hinsehen, sonst wirst du es nicht los.

3. Juli

Als ich heute Nachmittag auf dem Balkon saß und über all das Werden, Wachsen und Welken in meinen Blumentöpfen nachdachte, fläzte sich plötzlich Charlotte auf den zweiten Korbstuhl mir gegenüber. Sie zog die Beine an, umschlang sie mit den Armen und warf einen misstrauischen Blick auf das Notizheft in meiner Hand. »Na, schreibst du uns wieder auf?« Ich habe ihr erklärt, dass es ausnahmsweise mal nicht um sie und ihre Geschwister geht, sondern um mich. Sie lachte ungläubig. »Ach, echt? Und was gibt's da so über dich zu schreiben?«

Dann bot sie mir an, ein bisschen mitzudenken. Ach Kind, was soll ich denn mit dir übers Älterwerden reden? »Doch, doch«, sagte sie eifrig, »damit kenne ich mich aus. Ich werde ja auch älter.«

Das hatte ich zwar so noch nicht gesehen, aber im Grunde hat sie ja recht. Ein bisschen jedenfalls. Trotzdem wollte ich mich so schnell nicht geschlagen geben.

»Bei dir nennt man das Erwachsenwerden.«

Sie zog eine Schnute, hob mitleidig die Hände und fragte schnippisch: »Ist das nicht dasselbe?«

Man könnte das Älterwerden in zwei komplett verschiedenen Versionen erzählen, die unverwandt nebeneinander stehen: als Horrorstory, mit der man die Leute erschrecken kann, oder als einen Coming-of-Age-Roman, der von Erleuchtung statt allmählicher Verfinsterung kündet, den Reichtum beschreibt, den Mangel verschweigt. Hm, wie erkläre ich das meinem Kind? »Und, schon entschieden?« Charlotte drückte ungeduldig den Vorlauf.

Ehrlich gesagt, nein. »Es ist beides«, sagte ich hilflos und erklärte ihr, dass ich nachdenken, Material sammeln, Ideen notieren, beobachten und lesen wollte, was kluge Köpfe dazu gesagt hätten. Seneca zum Beispiel oder Leonard Cohen. Sie nickte begeistert. »Das finde ich spannend, weil ich mir gar nicht vorstellen kann, wie so richtig älter werden eigentlich ist.« Aha. Was man so denkt, wenn man nicht mehr jung aussieht, wollte sie wissen. »Ich freu mich nämlich aufs Älterwerden«, sprudelte sie los. Weil man ihr jetzt viele Dinge oft nicht zutraut, und das wird wohl besser, je älter sie werde. »Dass man dann ernst genommen wird, darauf freue ich mich.« Aber sie wolle schon jetzt darüber nachdenken, und irgendwoher müsse sie erfahren, wie sie sich das vorstellen soll. »Also, warum nicht von dir?«

Das hat mich berührt und irritiert. Plötzlich sah ich: Da ist jemand, der sich von dir abschauen will, wie man mit dem Älterwerden klarkommt. Ähnlich wie ich hat sie für sich kein Bild vom Alter. Aber sie ist neunzehn und traut mir jetzt, nach den wilden Kämpfen der letzten Jahre, ernsthaft zu, dass ich manche Dinge besser weiß. Auf einmal konnte ich auf eine sanfte Art an mich heranlassen, dass ich es selbst schätzen lerne: Ja, ich spiele jetzt in einer anderen Liga.

Ich erzählte ihr vom zähen Widerstand, den das Thema Älterwerden mir entgegensetzte, auch weil zwei Dinge von Anfang an feststehen: Es endet mit dem Tod, und es lässt sich nicht aufhalten. Wie ich plötzlich verstand, dass es von mir verlangt, »Ich« zu sagen, weil sich der Blick nicht von den Augen trennen lässt, aus denen er auf die Dinge fällt. Und wie ich beschloss, ein Jahr lang Tagebuch zu schreiben, um zu sehen, was dran ist am Älterwerden und warum überhaupt so ein Riesenaufhebens um einen ganz natürlichen Vorgang gemacht wird.

Sie nickte verständig und weit über ihre neunzehn Lenze hinaus. »Coole Idee. Ich habe das damals nämlich auch gemacht, als ich mit dreizehn plötzlich komisch wurde und ihr alle übrigens auch sehr komisch wurdet. Hat geholfen!« Sie nickte wieder und sagte dann sehr nachdenklich: »Und dann geht es ja auch ums Sterben.« Ich bin erschrocken. Wie unangenehm können einen doch Hinweise berühren, die eigene Ängste da aufspüren und abholen, wo sie stehen.

6. Juli

Jeden Tag so zu leben, als sei es der letzte, ist keine gute Idee. Der Gedanke ans Sterben schockfrostet das Hirn. Ist es nicht der reinste Terror, jede Minute so leben zu sollen, als sei es die letzte? Und wenn es jetzt das letzte Mal war, dass ich meine Kinder gesehen habe – damit versetze ich mich bei jedem Abschied in helle Panik. Das letzte Mal mit DHL im Bett, das will ich mir nicht mal ansatzweise vorstellen. Selbst in dämlichen Aschenbechern mit dem dummen Aufdruck »Die letzte Zigarette« lauert etwas Bedrohliches, von den berühmten letzten Worten ganz zu schweigen. Nein, der tröstliche Gedanke, dass noch viel Schönes zum Erleben übrig ist, dass es nach jedem Abschied ein Wiedersehen gibt, nach jedem Ende einen Anfang, dass sich da, wo sich eine Tür schließt, eine andere öffnet, hat noch lange nichts von seinem Charme verloren. Dass ich heute die guten alten Zeiten von morgen erlebe, gefällt mir deshalb als Motto für schlechte Tage viel besser. Warum sollte ich eigentlich nicht heute an den guten Erinnerungen für später arbeiten?

10. Juli

»Ich wusste gar nicht, dass es das noch gibt!«, raunte mir Susanne ins Ohr, mit der ich mich heute auf einen Gang über den Wochenmarkt verabredet hatte. Sie griff nach ihrer Gemüsetüte, wendete sich ab und warf der Marktfrau im Gehen einen letzten erstaunten Blick zu. Deren schneeweiße Hochsteckfrisur sah aus wie einer Modezeitschrift der Sechzigerjahre entsprungen. Wie gemeißelt stak jede kleine Locke in einem winzigen Klämmerchen und türmte sich mit ihresgleichen in schönster Ordnung über dem glatt hochgekämmten Hinterkopf. »Das muss Stunden gedauert haben«, sagte Susanne anerkennend.

Wir gingen weiter zum Blumenstand, vorbei an dem prachtvollen etwa sechzigjährigen Hippie-Mädchen im Walle-Walle-Kleid. Sie verkauft Biogemüse und Kräuter aus eigenem Anbau, und das offenbar sehr gerne. Unerschütterlich lächelnd fand sie für jeden Kunden freundliche Worte, schnitt zwischendurch Möhren und Kohlrabi mit zärtlichen Gesten in Stücke, die sie dann als Kostprobe bei der Kundschaft herumreichte, während unzählige Armreifen an ihren Handgelenken klimperten. Ihre langen, allerdings steingrauen Haare wurden von kleinen Zöpfchen gehalten, die am Hinterkopf in einer reich verzierten Haarspange aus Leder zusammenfanden. Ob ich auch schon mal darüber nachgedacht hätte, dass man an den altmodischen Frisuren älterer Frauen ablesen kann, wann sie glaubten, die beste Zeit ihres Lebens gehabt zu haben, wollte Susanne von mir wissen. Sollen die Frisuren aus jüngeren Tagen den alten Glanz konservieren, oder haben sie die einfach aus Gewohnheit beibehalten? Wir schauten uns an.

»Du siehst jedenfalls genauso aus wie immer«, spottete sie. »Lange Haare, Seitenscheitel, fertig. Wie vor zwanzig Jahren. Gefällt dir offenbar so. Also, mir wäre das ja zu langweilig. Ich brauche einfach drei Mal im Jahr einen neuen Schnitt, damit ich mich nicht so alt fühle.«

Abends mit DHL im Hotelzimmer. Er strich mir übers Haar, wickelte eine lange Strähne um seinen Finger und zog meinen Kopf nach hinten. »Die wirst du wohl auch bald abschneiden«, sagte er versonnen. Wie bitte? Den Teufel werde ich tun. Im Gegenteil, ich werde meine Haare weiter hegen und pflegen und, na gut, färben. Aber abschneiden? Meine Haare und ich, wir stehen uns sehr nahe. Höchstens die Spitzen lasse ich abschneiden. Kurz kommt nicht infrage. »Wieso? Das machen doch alle!«, verteidigte er sich. »Guck dich doch mal um. Ältere Frauen tragen meistens praktische Kurzhaarfrisuren. Gern auch in freundlichem Grau.«

Boah!

Na und? Er hat doch recht. Du könntest eine Menge Geld sparen, wenn du nicht so verdammt eitel wärst.

11. Juli

Wann habe ich eigentlich angefangen, meine Hand übers Geländer gleiten zu lassen, wenn ich die Treppe hinuntergehe? Schon die Vorstellung, zu stolpern, zu stürzen und hinunterzufallen, lässt mich fester zupacken. Früher bin ich die Stufen hinuntergesprungen, aber früher sahen die

Kanten auch nicht so verschwommen aus. Vielleicht sollte ich doch noch mal beim Optiker vorbeischauen. Oder doch Karotten essen? Vielleicht hilft das ja wirklich.

Denk schon mal über Hörbücher nach. Die kannst du hören, wenn du blind geworden bist.

15. Juli

Es muss mit dem Hundertjährigen begonnen haben, der aus dem Fenster stieg und verschwand. Dieser komische Alte namens Allan Karlsson hat die Message rübergebracht, dass man den hundertsten Geburtstag einfach schwänzen, aus dem Altersheim entwischen und auf Abenteuerreise gehen kann. Eine Gang gründen, dolle Streiche treiben, sich verlieben, viel Schnaps trinken, in der Welt herumkommen und mit hundertundeins zum ersten Mal heiraten, nicht schlecht. Damit hat er zwar den bis dahin allgegenwärtigen Demenz-Hype in Literatur und Leben in die Schranken gewiesen, doch schwappt seither eine Welle von Wohlfühlen-im-Alter-Titeln auf den Buchmarkt, mit der all die guten und gut gemeinten Bücher die allerneueste Milch der frommen Denkungsart ausschenken: Altsein ist total okay.

Warum auch nicht? Alte Menschen sollen lieben, Sport treiben, reisen, arbeiten, das Leben genießen, Glück und Erfüllung finden, wie junge übrigens auch. Also gehen sie wacker auf Tierfilm-Safari in Afrika, halten ehrenamtlich Lesungen in Altersheimen, betreiben Museen für hessische Volkskunde oder gründen noch mit achtzig Jahren ein neues

Unternehmen. Und gleich sehen die Achtzigjährigen, die das nicht tun, ganz schön alt aus. Atemberaubend, der Aktivismus der Alten in dem Bildband *Unruhestand. 16 Portraits.* Der Blick auf die alternden Erfolgsmenschen schüchtert mich ein. All die positiven Fallbeispiele von fitten, erotisch aktiven Alten, dem tätigen Glücklichsein, gern auch in trauter Zweisamkeit, der Selbstoptimierung verpflichtet, die die Leistungsgesellschaft uns allen abverlangt. Adventure before Dementia! So werden die hyperaktiven Ansprüche des Hamsterrades auch noch auf das letzte Lebensviertel ausgedehnt. Unerträglich, diese Altersstreber!

Wann hat man eigentlich das Recht, gar nichts mehr wollen zu sollen? Die Chance, das Altsein ganz schlicht zu akzeptieren als eine von vielen Daseinsformen? Als ob das nicht schon herausfordernd genug wäre!

Vorerst wohl nicht. Fasziniert von barrierefreien Welten und angesagtem Inklusionsgeschwätz, das alle und jeden dem gleichen Glück unterwerfen will, wird kein Abseits geduldet und ist keine Differenz erlaubt. Wir sind alle gleich, bis auf die Knitterfalten in verschiedenen Graden. Normierte Mittelmenschen, leistungsbereite Neutren, gleichgeschaltete Konsumenten: Alt ist das neue Jung.

19. Juli

Hochgelobte Filme wie *Wolke 9* aus meiner persönlichen Reihe »Von einer, die auszog, das Fürchten zu lernen«: Der alte Körper, so die Botschaft, hat durchaus seinen Sex-Appeal, das alte Gesicht seine Schönheit. Gebongt, von mir aus. Selbstverständlich sollen alte Menschen Sex haben dürfen, gern auch mit achtzig oder neunzig, kein Problem. Ich habe gar nichts dagegen, aber ich will nicht dabei sein. Nicht mal im Kino will ich alten Körpern beim Sex zusehen.

Deshalb habe ich meiner eigenen ästhetischen Belastbarkeit zuliebe vor Jahren schon nach dem Trailer entschieden, diesen Film nicht anzuschauen. Aber im Tagesspiegel-Interview mit Regisseur Andreas Dresen, der seinen Film als Tabubruch in Sachen Sex im Alter verstanden wissen will, las ich nach, wie um Himmels willen der Bildersturm gemeint sein könnte.

»Wenn man sich aber vornimmt, etwas unverklemmt anzugehen, ist da der Klemmgrad nicht automatisch über Normalnull?«, fragt die Journalistin Esther Kogelboom. Und Andreas Dresen antwortet: »Wenn man älter wird, verfällt der Körper. Das muss man einfach zur Kenntnis nehmen, es ist auch nicht immer schön, im landläufigen Sinn auch nicht ästhetisch. Aber das ist Teil des Lebens: dass wir irgendwann sterben. Wenn man sich mit körperlichem Verfall beschäftigt, beschäftigt man sich automatisch mit dem Tod. Das tun die meisten Menschen nicht so gerne. In einer Welt, in der man mit sechzig noch einen Waschbrettbrauch haben soll.«

Der Tabubruch lebt nicht von der richtigen Wahrheit, die er ausspricht, sondern von der angeblich falschen, die er zerschmettert. Wer sich profilieren will, erfindet zuerst ein Tabu, um dann lustvoll dagegen zu verstoßen. Und dazu muss man alte Schauspieler unverklemmt und nackig, entsetzlich verletzlich in ihrer Blöße vor der Kamera kopulieren lassen? *Wolke 9* nimmt für sich in Anspruch, als erster Film den Alterssex auf die Leinwand gebracht zu haben, und jetzt muss ich mir alle naslang im Kino anschauen, wie runzlige Körperteile sich aneinanderreiben, von altersfleckigen Händen befingert werden und knittrige Lippen sich zitternd einander nähern. Ich will das nicht! Und ich bin froh, nicht die Einzige zu sein, die sich angesichts des Tabubruchs das Tabu zurückwünscht. Das hier habe ich in einem alten (!) *Cicero*-Heft gefunden: »Ich will kein welkes Fleisch in Ekstase sehen! Sex sei jedem gegönnt, solange er ihn praktizieren kann. Aber ich will, bitte schön, nicht dabei sein. Ebenso wenig wie Pornografie zu einem entspannten Umgang mit Sex führt, dient die Darstellung körperlichen Verfalls einem entspannten Umgang mit dem Alter. Könnten wir nicht einfach zu den geordneten Verhältnissen von früher zurückkehren?«, fragt Amelie Fried und schlägt vor: »Ab fünfundsechzig tragen Frauen Gesundheitsschuhe und beigefarbene Windjacken und Männer versuchen nicht mehr, ihr Hörgerät als iPod-Stöpsel auszugeben. Neben Seniorentellern und Seniorenermäßigungen gibt es Seniorenhandys mit großem Display und im Supermarkt hängen Lupen an den Regalen, damit man die Preise lesen kann und nicht junge Leute belästigen muss. Männer dürfen alte Säcke werden und Frauen alte Schachteln. Und Werbefuzzis, die den Begriff Golden Ager verwenden, werden bei Sturm vor Kap Horn ausgesetzt.«

Es gibt eine Altersschönheit – aber nicht auf optischer Ebene, sondern gedanklich oder in der Ausstrahlung. An die Wand meines Arbeitszimmers habe ich ein Poster gehängt, das die britische Queen zeigt. Schon die Anschaffung war ein Meilenstein. Dreimal musste ich die Bild-Zeitung kaufen, damit ich alle drei Teile des Queen-

Starschnitts bekam. Aus politisch-moralischen Gründen habe ich die Bild-Zeitung zwar immer schon ganz gern gelesen, aber nie gekauft, allenfalls heimlich. In der Hausbesetzerzeit galt das als Hochverrat. Inzwischen ist mir total wurscht, was die Jungs im Kiosk von mir denken könnten, bloß weil ich halt die Bild-Zeitung verlange und sie dann ganz offen, ohne neutralen braunen Umschlag, über die Straße nach Hause trage.

Die Queen sieht bestechend aus, ganz in Pink. Ihr Gesicht zeugt von fast neun Jahrzehnten Leben. Sie hängt nicht da, weil ich im Herzen eine Anhänglichkeit zum britischen Königshaus versteckt hielte. Sondern weil ich ihre Haltung mag, ihre Disziplin, ihr Duchhaltevermögen, ihre Freundlichkeit, ihren energischen Gang. Und auch, weil sie auf eine entzückende Art alt aussieht und so vergnügt strahlt dabei. Ihr Blick sagt: Ich bin nicht mehr jung und will es auch gar nicht sein. Das Leben ist interessant und vielfältig, nicht früher und nicht später, sondern jetzt.

In meinen Augen ist sie schön – aber eben nicht mehr als Fixierung auf die schöne Oberfläche! Das könnte doch ein Geschenk der Altershässlichkeit sein, damit wir uns endlich auf anderes besinnen können. Irgendwann muss es doch auch mal um etwas anderes gehen dürfen – Gelassenheit, Nachdenklichkeit, Selbsterkenntnis. Meinetwegen auch in einer verkehrsberuhigten Zone, wenn Geschlecht eher einen grammatischen Sinn behaupten kann, aber nicht muss. Das soll doch jeder selbst entscheiden dürfen.

Hermann Hesse schrieb in *Mit der Reife wird man immer jünger*: »Um als Alter seinen Sinn zu erfüllen und seiner Aufgabe gerecht zu werden, muss man mit dem Alter und allem, was es mit sich bringt, einverstanden sein, man muss Ja dazu sagen. Ohne dieses Ja, ohne Hingabe an das, was die Natur von uns fordert, geht uns der Wert und Sinn unserer Tage – wir mögen alt oder jung sein – verloren, und wir betrügen das Leben.«

Alt ist nicht das neue Jung, sondern etwas ganz Besonderes.

20. Juli

Elise kam vorhin überraschend vorbei, als ich es mir gerade auf dem Balkon gemütlich gemacht habe. Sie kam von der Arbeit und war auf hundertachtzig. Wie war's? Eine kleine Frage von mir, und der Korken ploppte aus der Flasche, in der sie ihre schlechte Laune abgefüllt hatte. Sie schimpfte über die ganzen bescheuerten Kerle auf ihrem Job und ihre Blicke. »Ständig unter Beobachtung, das nervt!«, hat sie gefaucht. »Sie gucken mir auf den Hintern, den Busen, sonst wohin, aber sie gucken immer. Und sie grapschen! Es hagelt Sprüche ohne Ende! Ich habe das so satt! Und die anderen Mädels, die wenigen, die es dort gibt, wo meist nur Männer arbeiten, die finden das auch noch toll! Sie aalen sich in anzüglichen Blicken und drehen noch mal extra auf, wenn einer von den Typen vorbeikommt. Du kannst es dir nicht vorstellen!«, hat sie gerufen.

Doch, Kind, das kann ich. Ich kann mich sogar erinnern.

Ich habe meinen grauen Scheitel gesenkt, die Lesebrille auf die Nasenspitze rutschen lassen, um Elise über den Brillenrand hinaus aus trüben Augen möglichst weise anzuschauen. Während ich meine runzligen, mit Altersflecken gesprenkelten Hände faltete, legte ich ein mildes Lächeln in meine welken Züge. Ich seufzte kurz und bedeutungsvoll, bevor ich sanft und tröstlich wie Mother Mary Words of Wisdom hauchte: »Mein Kind, es gibt Probleme, die leben sich einfach weg.«

Aber beklag dich nicht, wenn deine Kinder dich statt Mama demnächst ehrwürdige Greisin nennen!

26. Juli

Gestern Abend ist mir etwas sehr, sehr Peinliches passiert. Ich schätze, es wird eine Weile dauern, bis ich auch darüber lachen kann – wenn überhaupt. Eine berühmte Schauspielerin, deren Name mir gerade wieder nicht einfällt, hat ihre Autobiografie präsentiert, und ich war vom Verlag eingeladen. Christiane hat mich begleitet. Die Lesung war eine reine Freude, wir beschlossen sofort, das Buch zu kaufen. Beim anschließenden Häppchenstehen sah ich eine Lektorin auf mich zukommen, mit der ich vor Jahren eng und gut zusammengearbeitet habe. Sie ist eine sehr sympathische Person, und als sie jetzt in unsere Richtung ging und fröhlich winkte, war klar, ich würde gleich sie und Christiane miteinander bekannt machen müssen. Nichts daran wäre problematisch, aber – voller Entsetzen merkte ich, dass mir ihr Name nicht einfiel. Und immer noch nicht einfiel. Der Boden unter mir bebte, mein Kopf war leergefegt, mir brach der Schweiß aus.

Sie war nur noch wenige Meter entfernt. Ich zog Christiane am Ärmel. »Wir müssen hier sofort raus.«

Unten auf der Straße versuchte Christiane mich zu trösten. »Das passiert mir auch andauernd. Namen, Filmtitel, Daten – alles rutscht durch. Dafür haben wir doch ein Smartphone! Frag Siri! Und schon können wir weiter über Bücher und Filme reden.«

Ich habe immer schon Namen und Buchtitel und weiß Gott was alles vergessen, aber da hieß der Grund einfach Schusseligkeit. War das peinlich, als ich in einem Buchladen meinen BH aus der Hosentasche zog, um meine Nase zu putzen, während ich in den Klappentext eines Liebesromans vertieft war! Den BH hatte ich morgens vor der Schule ausgezogen und in die Hosentasche gesteckt. Meine Eltern hatten mir streng verboten, ohne BH in die Schule zu gehen, obwohl das damals doch alle machten …

»Klar vergisst du mal was, aber du behältst doch auch viel! Du musst dringend auf deinen Attributionsstil aufpassen«, hat Christiane mich streng ermahnt und dem Alzheimer-Gespenst die rote Karte gezeigt. »Wenn du alles, was schiefgeht, dauernd auf dein Alter zurückführst, knockst du dein Selbstbewusstsein aus!« Stimmt ja, aber – schöner Versuch. Vor meinem geistigen Ohr höre ich eine Unmenge von elektronischen Gerätschaften klingeln, die mich an etwas erinnern sollen, aber an was? Vor meinem geistigen Auge sehe ich Berge von verknoteten Taschentüchern und gehe über meine geistige Eselsbrücke in die Zukunft: Ich bin umgeben von Wänden, Türen und Möbelstücken, die über und über mit bunten Klebezetteln bedeckt sind, auf denen Dinge stehen, die heute noch selbstverständlich sind. Aufstehen, Zähneputzen, Haare kämmen, anziehen und, o weh, Herdplatte ausstellen.

27. Juli

Die sind mir auf den Fersen. Amazon stalkt mich und kann dafür nicht einmal belangt werden. Sie haben heute offensichtlich ihre Algorithmen auf mich und meine geheimen Sorgen losgelassen, sind fündig geworden und offerieren mir ungefragt … Lektüre! Das ist so unheimlich! Ich meine, die Angebote zur Penisverlängerung, die vor ein paar Jahren in mein Postfach rauschten, konnte ich ja noch als relativ unspezifisch adressiert einfach wegklicken. Danach kam Spam-Scheiß, der einen ultimativ aufforderte, irgendwelche angeblich ausstehenden Summen zu begleichen. Wer muss das nicht? Aber erschrocken bin ich immer, und erst Stunden später fiel mir auf, dass ich die entsprechenden Käufe gar nicht getätigt hatte. Danach kamen die Bettelbriefe, in denen unbekannte Personen schreckliche Schicksale in stolpernder Grammatik beschrieben, denen nur mit Geld abzuhelfen sei, das man auf ein Konto zu überweisen habe, das zu einer kaymanischen Bank gehört, von der man noch nie etwas gehört hat. Es wird immer unheimlicher. Auch mein analoger Briefkasten verschreckt mich mit Drohbriefen wie der Einladung zur Darmspiegelung, weil man aus meinem Geburtsdatum behauptet errechnet zu haben, dass ich jetzt im fraglichen Alter für diese Art Vorsorge angekommen sei. Erst gestern wieder so ein Papier-Torpedo: »Senioren-Wohngemeinschaft Sonnenblume für

Pflegebedürftige und demenzkranke Menschen sucht noch Mitbewohner! 24-Stunden-Betreuung, rund um die Uhr! Bitte rufen Sie uns an unter der Tel. Nr. 030- und so weiter. (Auch Verhinderungspflege möglich!)«

Ja, und zu allem Überfluss hat jetzt offenbar Amazon auch noch die Witterung meines wohldeodorierten Angstschweißes aufgenommen. Dixit algorismi! Das Amazon-Orakel empfiehlt:

Goldschnitte: Für alle Frauen, die sich mit 40 noch nicht erschießen wollen

Gewöhnen Sie sich das Altern ab. Das mentale Anti-Aging-Training.

Altern mit Happy End

Das Ende des Alterns: Bahnbrechende medizinische Möglichkeiten der Verjüngung

Lassen Sie Ihr Hirn nicht unbeaufsichtigt. Gebrauchsanweisung für Ihren Kopf

Denksport für Ältere: Geistig fit bleiben

Doktor Kawashimas Gehirn-Jogging – Wie fit ist Ihr Gehirn?

28. Juli

Nachtrag. Weil niemand mir erklären kann, was ein Algorithmus ist, habe ich bei Wikipedia nachgeschaut: Ein Algorithmus ist eine eindeutige Handlungsvorschrift zur Lösung eines Problems oder einer Klasse von Problemen. Algorithmen bestehen aus einer begrenzten Anzahl wohldefinierter Einzelschritte.

Die lateinischen Autoren pflegten zu erklären, dass das Wort *algorismus* aus dem Namen des Erfinders dieser Kunst, eines Philosophen namens *Algus*, und dem griechischen Wort *rismus* (*arithmós*) für *Zahl* zusammengesetzt sei. In der volkssprachlichen Tradition erscheint dieser »Meister Algus« dann zuweilen in einer Reihe mit großen antiken Denkern wie Platon, Aristoteles und Euklid, so im altfranzösischen *Roman de la Rose*, während das altitalienische Gedicht *Il Fiore* ihn sogar als Erbauer des Schiffes Argo ausgibt, mit dem Jason sich auf die Suche nach dem Goldenen Vlies begab.

In der lateinischen Wissenschaftssprache hat sich die Schreibung *algorithmus* ergeben; in dieser Form hat sich das Wort später als Fachterminus für geregelte Prozeduren zur Lösung definierter Probleme eingebürgert.

Jetzt hat Amazon-Orakel also mein Problem definiert? Dixit algorismi!

29. Juli

Heute Abend hatte ich Gäste. Drei nette Freunde und ihre Frauen, denn alleine kriegt man ja als unbemanntes Raumschiff selbst gute Freunde nicht an den eigenen Küchentisch. Die Gattin muss immer mit. Zu Pärchenabenden werde ich schon lange nicht mehr eingeladen, aber darauf kann ich auch gut verzichten. Wie sie sich gegenseitig ins Wort fallen, vor Publikum die Messer wetzen, wie die Frauen ihren Männern die Flusen vom Hemd zupfen, während die versuchen, einen Witz zu erzählen! Da will man doch nicht tot überm Zaun hängen, in so einer Beziehung.

Ich hatte gerade die Lasagne auf den Tisch balanciert und die Weingläser aufgefüllt, da ließ Jörns Frau Elke die Bombe platzen. Ob ich mich denn nicht mal wieder verlieben wollte? Es sei doch traurig, so allein durchs Leben zu gehen! Besonders im Alter, das ja auf uns alle zukomme, sei es doch schön, nicht so allein zu sein. Sprach's und tätschelte die Hand ihres Jörn. Sein leicht gequälter Blick sprach Bände.

Ich habe kurz überlegt, ob ich das Geschoss mit dem alten Emanzenspruch abwehren könnte: Wenn Männer Preisschildchen hätten, würde ich mir lieber einen Hund kaufen. Aber dafür waren die drei Männer am Tisch einfach zu nett. Außerdem hätte ich dann in den Augen meiner Gäste das bedauernswerte Gespenst der alleinstehenden älteren Dame mit Hund heraufbeschworen. Oder Katze. Noch schlimmer.

Sie kann's nicht lassen! Immer häufiger in letzter Zeit werde ich danach gefragt, ob ich noch immer keinen neuen Freund habe. Als ob man das müsste! Man muss einen Lebensgefährten (kommt von Lebensgefahr!) vorweisen, um für voll genommen zu werden, nicht nur bei Wir-kommen-heute-zu-euch-Abenden, an denen Doppelkopf gespielt, Würstchen gegrillt oder DVDs geguckt werden.

Vergeblich habe ich Jörns Frau schon beim letzten Treffen klarzumachen versucht, dass ich nach all den Jahren mit den vielen Kindern abends nur froh sei, jetzt nicht einen Mann auf dem Sofa einsitzen zu haben, den ich auch noch fragen muss: Schatz, wie war dein Tag? Von DHL weiß ja niemand, und das soll auch so bleiben. Nur gelegentlich habe ich mal hochnäsig angemerkt, dass ich mir keine Kuh kaufen muss, wenn ich mal ein Glas Milch trinken will. Sicher komme ich mir manchmal wie ein pflichtvergessenes egoistisches Luder vor. Die hochgezogenen Augenbrauen meiner eigenen Mutter, die Missbilligung meiner verheirateten Freundinnen – ich spüre förmlich, was mir entgegenschlüge, wenn das rauskäme. Deshalb behalte ich diese köstliche Angelegenheit auch für mich. Seit Jahren. Als es anfing, wollte ich wissen, was von mir zum Vorschein kommt, wenn ich die sexuelle Schonhaltung aufgebe, die ich mir angewöhnt habe, um Liebe zu verdienen: Wie muss ich sein, um einem Mann zu gefallen? Die Aussicht, einem Mann zu gefallen, wie ich bin, war damals bestechend. Ich wollte einfach wissen, was passiert, wenn ich nicht immer nur daran denke, was für jemand anderen am besten ist, wenn ich nicht nachgebe, wenn mir nicht danach ist, und wenn ich einmal Abstand davon nehme, eine empfindliche Beziehungsbalance auszutarieren. Wenn mir mein eigenes Vergnügen wichtig ist.

Michaels Frau fiel glatt in den Sirenengesang ein: »Fühlst du dich als Single eigentlich noch wohl? Nächstes Jahr sind deine Kinder doch alle weg, und dann bist du allein! In der großen Wohnung!« Jörns Frau will unbedingt den nächsten Stich gewinnen. »Wir werden doch alle nicht jünger!« Das alles vorgetragen im leichten Murmelton der herzwarmen Besorgnis; fraulich-traulich getarnt und schrittwarm kommt der Giftpfeil angeflogen. »Hast du schon mal darüber nachgedacht, dich bei Parship anzumelden? Das soll ja ganz einfach sein.« Munter plapperte Michaels Frau weiter: »Ganz lässig. Du legst dich abends mit Laptop oder iPad aufs Bett und klickst durch die Profile anderer Singles, solange du Lust hast. Anklicken, wegklicken, eine größere Chance, den Traumpartner zu finden, gab es nie!«

Ich habe tief Luft geholt und dann den bösen Satz fallen lassen, der sich längst in meinem Kopf zusammengebraut hat: »Ach komm, so kurz vorm Tod, das lohnt sich doch gar nicht mehr!«

Gotcha! Sechs Augen starren mich entsetzt an. Cool. Da ist selbst die Unke sprachlos.

Nachtrag. Später im Bett habe ich mir überlegt, dass ich schon mal anfangen könnte, mir eine kleinere Wohnung zu suchen. Für den Tag, an dem Leander auszieht. Sie müsste allerdings wie die jetzige wieder im vierten Stock liegen und dürfte auf keinen Fall einen Aufzug haben. Schon aus Trotz: Neuerdings kaum ein Besuch, der sich nicht schnaufend an meiner Haustür beklagt, dass ich erstens so hoch wohne und es zweitens keinen Fahrstuhl gibt. So viel Altersvorsorge muss sein: Ich werde wieder in einer vierten Etage, und zwar ohne Aufzug, wohnen – für die Tage, wenn ich nichts anderes mehr aufbieten kann, um die Herzen meiner Besucher schon an meiner Tür höher schlagen zu lassen und ihnen den Schweiß auf die Stirn zu treiben.

30. Juli

Jörn rief an, um sich für den schönen Abend zu bedanken, und hätte sich beinahe für seine Frau entschuldigt. Das habe ich ihm geschickt abgenommen, denn ich wollte nicht schon wieder auf die leidige Single-Frage angesprochen werden. Glücklicherweise fiel mir seine neue Brille ein, die er gestern Abend trug und die ich gar nicht anerkennend erwähnt hatte. »Ray Ban finde ich wahnsinnig attraktiv«, habe ich falsches Weibsstück ins Telefon gegurrt. Ha, Elke, die Lippen der fremden Frau sind wie Honigseim … »Ach echt, findest du?« Jörn klang hocherfreut. »Ich habe mich ja lange davor gescheut, zum Optiker zu gehen.« So harmlos wie möglich fragte ich nach, was ihn schlussendlich dazu bewogen hätte, diesen Schritt zu wagen. »Es ist ein bisschen peinlich«, räusperte er sich. »Aber tatsächlich habe ich's an meiner Verstopfung gemerkt. Ich musste auf dem Klo die Zeitung immer weiter weghalten und habe dabei den Rücken durchgedrückt, sodass ich nicht mehr …, er seufzte gequält. »Du weißt schon.«

Ist es denn zu fassen?

3. August

Es musste einfach sein, und zwar heute! Ungefähr alle vier Wochen kämpfe ich mittlerweile diesen ungleichen Kampf, und das sprießende Lametta auf meinem Kopf gewinnt am Ende doch immer. Streng genommen sind das keine Haare mehr, sondern Nervenenden, die bloß liegen.

Einen kleinen Aufschub von ein paar Tagen kriege ich

hin, wenn ich meine Haare zu einem lockeren Knoten zusammenfasse, sodass der Scheitel verschwindet, und dann das Ganze in eine große Spange sperre. Pferdeschwanz geht auch, aber seit ich irgendwo gelesen habe, dass diese Frisur sich nur für junge Mädchen eignet, empfinde ich gewisse Skrupel. Auch stand da, dass die Höhe des Pferdeschwanzes in direktem Bezug zum Alter der Trägerin steht und deshalb hochgezurrte Haargummis allenfalls für sehr junge Frauen infrage kommen. Beweis: Fotos von Hollywoodschönheiten, deren Pferdeschwanz parallel mit den Jahren nach unten rückt und am Tiefpunkt angelangt Mozartzopf heißt. Rätsel: Wie alt ist Karl Lagerfeld?

Das vorletzte Mittel der Wahl besteht darin, Spiegel konsequent zu meiden. Allerdings überfallen einen Spiegel oft in Augenblicken, in denen man mit ganz anderen Dingen beschäftigt ist. Schaufenster tauchen selten überraschend auf, man kann sie ganz gut vermeiden. Doch die verglaste Säule an der Kasse im Supermarkt, sogar Glaswände von Bücherregalen oder Vitrinen und der Rückspiegel im Auto zeigen überraschend mit einer gewissen Heimtücke, was andere von mir sehen und ich selbst nicht sehen will. In meinem Blick auf mich nistet neuerdings der Blick anderer auf mich, und während mein Blick auf andere milder wird, wird mein Blick auf mich selbst schonungsloser. Unmöglich, dieser graue Scheitel! Genauso peinlich wie der Danuta-Effekt – wenn das Blondierte rauswächst und sich die Kluft zwischen Schein und Sein der Außenwelt so schmerzhaft mitteilt.

Kind, was bist du alt geworden!

Das letzte Gefecht bricht an, wenn ich mich morgens im Badezimmerspiegel nur noch mit sachlichem Blick und streng oberflächlich betrachte, ohne mich wirklich zu sehen: Ungerührt wie der Tatortreiniger, der sich nicht vor Entsetzen schüttelt, sondern sich daranmacht, die Blutflecken wegzuschrubben. Nicht erschrecken, sondern tun, was zu tun ist: ein Gesicht morgens und abends waschen, eincremen, schminken und zwischendurch vergessen. Zähne, die man halt putzt. Haare, die man halt kämmt. Aber dann bleckt mich auf einmal der stahlgraue Scheitel im Spiegelbild an wie das gefletschte Gebiss des untoten Monsters am Ende des Horrorfilms. »Lass es grau rauswachsen und steh endlich mal dazu«, sagt meine Schwester. »Schau dir doch mal all die coolen, selbstbewussten Frauen an, die in der Öffentlichkeit stehen, die Goldriege der Silberfüchsinnen: Diane Keaton, Helen Mirren, Tilda Swinton, Sharon Stone!«

Ich kann das nicht. Ich kann ziemlich vieles nicht, was diese Damen können, aber selbstbewusst die grauen Haare zu zeigen, das kann ich ganz bestimmt nicht. Der Augenblick ist gekommen, die Sparpläne über den Haufen zu werfen, vor den Zeichen der Zeit zu kapitulieren und einen Termin bei Tanja im vielfach verspiegelten Paradies der Schönheit zu vereinbaren. Nach etwa zwei Stunden hat sie das Gespenst vertrieben, und meine Haare sehen wieder aus, wie sie früher aussahen. Zehn Jahre jünger will ich mich fühlen, und dazu muss ich auch so aussehen.

Ist das denn zu viel verlangt?

Ja, das ist zu viel verlangt.

Ich kann aufatmen, weil ich den Trip im Spiegelkabinett überstanden habe: Geht doch. Ja, das bin ich. Vergesst die andere von vorhin, flüstere ich den Spiegeln zu, die mir mit ihren Botschaften so zugesetzt haben. Fette Kuh, raunte der rechts von mir. Alte Schachtel, keifte der links von mir, kaum dass ich auf den Stuhl gesunken war. Halt dich gerade, sonst sieht dein Hals aus wie beim Truthahn, und bald kriegst du einen Witwenbuckel. Wie sieht das denn aus!, kreischte der Spiegel direkt vor mir, der mich ganz genau betrachtet.

Vor den sprechenden Spiegeln flüchtete ich schnurstracks in den gnädigen Stapel bunter Zeitschriften, um dem Gezeter zu entgehen. Schon beim ersten Durchblättern blieb ich in einem Artikel hängen, der untersucht, wie Frauen aus einem emotionalen Bedürfnis, aber nicht aus physischer Notwendigkeit ihre zwiespältigen, beunruhigenden Gefühle angesichts des eigenen Alterns hinter Masken aus Worten und Wünschen verbergen – und wie man das übersetzen muss. Das wollte ich unbedingt noch mal genauer lesen, damit ich nicht aus Versehen eine solche alberne Bemerkung über mein Altern vom Stapel lasse, die dann jemand, vielleicht, weil er diesen Artikel gelesen hat, rückübersetzt. Und dann stehe ich doof da.

Ich habe die Seiten herausgerissen und in meine Tasche gestopft, bevor Tanja etwas bemerkte. Natürlich hätte ich sie auch darum bitten können, diese Seiten kopieren zu dürfen. Aber man muss ja nicht immer gleich an die große Glocke hängen, was man gerade auf dem Herzen hat. Zu Hause habe ich die Seiten geglättet und ins Tagebuch gelegt.

Maske: Mein Mann findet mich nicht mehr sexy, seit ich sechzig geworden bin.
Übersetzung: Sie mögen denken, dass Sie nicht länger sexy oder attraktiv sind, deshalb projizieren Sie Ihre Gedanken auf Ihren Mann und unterstellen ihm, so zu empfinden. Wenn das so ist, ist ganz egal, was Ihr Mann sagt oder tut. Sie verstehen es in jedem Fall als Bestätigung Ihrer Überzeugung.

Maske: Ich bin besessen von der Idee, ein viertes Kind zu bekommen. Ich bin entschlossen, schwanger zu werden, obwohl ich fünfundvierzig bin und mein Mann dazu seine Vasektomie rückgängig machen müsste.
Übersetzung: Obwohl Sie vielleicht wirklich ein weiteres Kind wollen, sollten Sie darüber nachdenken, ob Ihr Kinderwunsch nicht vielleicht Ihre ängstlichen oder zornigen Gefühle über das Altern verbirgt.

Maske: Ich habe so viel im Büro zu tun; ich habe gar keine Zeit für Gymnastik oder Kosmetik.
Übersetzung: Es ist leichter für Sie, sich auf die Arbeit zu konzentrieren, als mit den Veränderungen umzugehen, die Sie in Ihrem Gesicht oder an Ihrem Körper feststellen. Vielleicht benutzen Sie Ihre Arbeit als eine Entschuldigung dafür, dass Sie nicht auf sich selbst achtgeben.

Maske: Ich trage die Klamotten meiner Tochter, weil meine eigenen alle in der Wäsche sind.
Übersetzung: Vielleicht fühlen Sie sich älter und sehen

auch so aus. Sie wollen jünger erscheinen, aber diese Gefühle nicht akzeptieren. Also finden Sie Wege, Ihre Gefühle zu rationalisieren.

Maske: Ich finde, Frauen sollten einen pragmatischen Blick aufs Älterwerden werfen. Jeder wird älter, es ist einfach eine Tatsache des Lebens.
Übersetzung: Sie verwandeln Fakten in Gefühle und versuchen, alles rational zu sehen. Wir alle wissen, dass Frauen Empfindungen dazu haben, dass sie altern. Aber Sie wollen nicht in Kontakt mit Ihren Emotionen kommen.

Maske: Ich habe immer auf mein Aussehen geachtet, aber jetzt bin ich verheiratet und in der Menopause. Abgesehen davon mag ich Junkfood und finde es befreiend, nicht mehr auf meine Figur achten zu müssen.
Übersetzung: Sie mögen davon überzeugt sein, dass Aussehen nicht mehr zählt, weil Sie in Ihrem Leben angekommen sind. Aber Sie haben zugenommen und befürchten, dass Sie die Kontrolle verloren haben, nicht nur über Ihre Essgewohnheiten, sondern über Ihren ganzen Körper. Weil Sie das Gefühl haben, sich nicht länger auf Schönheit als Quelle Ihres Selbstwertgefühls verlassen zu können, verbergen Sie diese Erfahrung mit der Entscheidung, überhaupt nicht mehr auf Ihr Aussehen zu achten.

Maske: Ich kaufe nur noch online ein. Ich ertrage diese gestylten Läden und das schnippische Verkaufspersonal nicht mehr. Mode ist mir sowieso nicht so wichtig.

Übersetzung: Onlineshopping ist bequem, besonders wenn Sie die Spiegel in der Umkleidekabine vermeiden wollen, die Ihnen etwas über Ihr verändertes Aussehen sagen.

Die späten Jahre im Leben sind wie das Ende eines Maskenballs, wenn die Masken abgesetzt werden. (Schopenhauer? Unke? Vergessen!)

5. August

Ich habe den Geburtstag einer Freundin vergessen. Dabei hatte ich ihn notiert, aber ich habe vergessen, im Kalender nachzuschauen. Was auch nicht passiert wäre, wenn mein Kalender da gelegen hätte, wo er immer liegt. Tut er aber nicht, und ich habe keine Ahnung, wie das gekommen ist. Kein Beinbruch, aber jetzt ist sie beleidigt und will meine Entschuldigung nicht annehmen. Dabei bin ich in Sachen Entschuldigen längst kein Amateur mehr. Ich mache das täglich viele Male. Immer wenn ich feststelle, dass ich etwas vergessen habe – den Namen der Straße, in der das Café liegt, in das ich seit Jahren gehe, den Titel des Films, den ich dreimal gesehen habe, die Antwort auf eine E-Mail, die ich eigentlich gleich schreiben wollte, den Einkaufszettel sowieso, ein Versprechen, das ich gegeben habe, die Abfahrtszeit des Zuges, mit dem ich fahren will, eine Erlaubnis, die ich Leander oder Charlotte erteilt habe, oder die Abfahrts- und Ankunftstermine eines Kurztrips, den Leander plant und bei dem ich ihm versprochen habe, ihn zum Flughafen zu bringen und wieder abzuholen. Aber vielleicht stimmt das ja auch alles gar nicht!

Du hast mir doch erlaubt, deine Lederjacke anzuziehen!, empörte Charlotte sich letzte Woche. Schon vergessen? Ich habe dir doch gesagt, dass ich vom neunten bis zum vierzehnten weg bin, raunzte Leander mich vorgestern an. Du holst mich doch ab, oder? Hast du versprochen! Schon vergessen? Wieso weißt du nicht, wo ich die ganze Zeit war? Ich habe dir doch gestern Abend gesagt, dass ich feiern gehe? Schon vergessen? Du hast mir heute Morgen erlaubt, zehn Euro aus deinem Portemonnaie zu nehmen. Schon vergessen?

Ein leichter Schwindel weht durch meinen Kopf, wenn sie sich zum Chef über mein Gedächtnis machen, die Deutungshoheit über meine Erinnerung behaupten. Dieses merkwürdig glucksende Auftrumpfen! Diese leise glitzernde Boshaftigkeit in den Augenwinkeln! Macht es ihnen etwa Freude, meine Erinnerungslücken zu füllen? Vor dem Vergessen kommt die Angst vor dem Vergessen. Während ich jedes Mal schuldbewusst zusammenzuckte und mich sofort entschuldigte, wenn sie behaupteten, dass ich wieder etwas vergessen habe, kam mir ein böser Verdacht. Was, wenn es ihnen einmal mehr gelungen wäre, eine Waffe aus meinen Wunden zu schmieden?

Nachtrag. Vielleicht vergesse ich jetzt immer mehr Dinge, aber vielleicht sind sie das auch wert. Bange machen gilt nicht: Es ist zweifellos Vergesslichkeit, meinetwegen auch Schusseligkeit, aber noch lange kein Alzheimer-Vorgeplänkel, sondern vielleicht einfach mangelndes Interesse, Unaufmerksamkeit oder eine Art, anderweitig konzentriert zu sein. Kinder, ihr seid alt genug. Warum muss ich mir eure Termine merken?

6. August

Ich fühl mich mies.

Ich habe heute keine Lust, zum Pilates-Kurs zu gehen.

Ich bin neuerdings so unmotiviert.

Pilates macht mir keinen Spaß mehr.

Es zwingt mich, in den Spiegel zu schauen, und was ich sehe, gefällt mir nicht.

Warum haben sie immer so verdammt viele Spiegel in diesen Fitnessstudios?

Eigentlich kann ich mir das Gehampel auch schenken. Hat doch eh keinen Zweck.

Was für einen Sinn hat es, so viel zu ackern, wenn nichts besser wird?

Es geht bergab. Alles. Mein Gesicht. Mein Körper. Meine Arbeit. Ich bin neunundvierzig. Was wird sein, wenn ich neunundfünfzig bin? Warum denke ich überhaupt so? Ich war doch eigentlich immer so positiv. Das müssen die Hormone sein. Oder das Wetter. Nach einer Woche Dauerregen kann kein Mensch mehr positiv sein, sogar wenn auf dem Kalender Sommer steht und der Regen warm ist.

DHL hat neulich gesagt, ich soll mich nicht so hängen lassen. Wahrscheinlich hat er deshalb schon seit vier Tagen nicht mehr angerufen. Wahrscheinlich quatscht er deshalb lieber mit seiner Frau als mit mir. Die lässt sich bestimmt nicht hängen. Womöglich geht er jetzt auch noch mit seiner Frau ins Bett!!!

Ich gebe ihm keine Schuld. Ich bin ein Hänger. Ich sehe müde aus und bin es auch. Meine Haut wirkt fahl und schlaff. Mir fehlt etwas, mir fehlt alles.

Du bist auf dem besten Weg, unsichtbar zu werden. Deine Mutter hat's dir doch gesagt!

7. August

Das Allerwichtigste ist, schrie Susanne vorhin durchs Telefon, überhaupt nicht ein einziges Mal darüber nachzudenken, dass du in zehn Jahren sechzig und in zwanzig Jahren siebzig bist. Niemals, hörst du?

8. August

Die Sonne scheint durchs Kellerloch.
Soll sie doch.

10. August

Ich kann gar nicht glauben, was ich da vorgestern geschrieben habe. Geballter Trübsinn, tonnenweise Selbstmitleid, haltloses Gejammer. Dabei war es doch so einfach, dem zu entkommen. Alter Indianertrick: Wenn man verfolgt wird, muss man Wasser zwischen sich und die Feinde bringen. Das kann die Rettung bedeuten, denn trübe Gedanken sind Feinde, die einem auf den Fersen sind. Warum bin ich nicht gleich zum Schwimmen gegangen? Zwanzig Bahnen im Olympiabad, alterslos, schwerelos, zeitlos im kühlen, klaren Wasser, das ist der Trick. Danach fühlte ich mich so frisch, so lebendig, so jung und stark. Hier ist alles beim Alten: die kaputten Fliesen, die wegen Einsturzgefahr gesperrten Zuschauerränge, auf denen kleine Birken wurzeln, die Mauern, von denen der Putz abblättert. Alles ist hier schäbig und charmant, und eine Modernisierung hat das Olympiabad offenbar auch in diesem Sommer nicht zu befürchten. Die Schönheit von Ruinen zieht mich an. Was mich antreibt, ist die pure Lust aufs Wasser, vielleicht auch eine Art Abhängigkeit von körperlicher Anstrengung und der Bewegung im Freien. Das macht mich glücklich. Im Wasser bin ich wieder sechzehn. Trotz der vielen Kinder mit ihrem Pipi und ihren abgepulten Pflastern, trotz der parfümierten Matronen, trotz der testosterongetriebenen Doppelbadehosenträger mit und ohne Migrationshintergrund: Das seidige Wasser in historischer Kulisse gibt mir enormen Auftrieb. Das Olympiabad ist mein Jungbrunnen und Lucas Cranach mein Zeuge: In der Mitte ein großes viereckiges Becken, das mit Wasser gefüllt ist. Von links werden alte Frauen auf Karren, Tragen und Gefährten herangebracht. Sie sind von den Malaisen des Alters gezeichnet. Die ersten steigen ins Wasser und verlassen es auf der anderen Seite als knackige, junge Frauen, die zum Festzelt eilen. Männer müssen offenbar draußen bleiben, der Maler hat nur Frauen in den Genuss kommen lassen, das Alter wegzubaden. Eine mythische Hoffnung. Unter der Dusche, spätestens in der Umkleide landete ich dann wieder auf dem Boden der Tatsachen, obwohl ich nicht annähernd so alt bin wie einige andere Schwimmerinnen – für manche bin ich fast noch ein Mädchen. Und für die Mädchen? Eine ältere Frau. Unangenehm vielleicht, aber wirklich quälend ist es nicht.

11. August

Es gehört sich nicht und ist überaus unfair, sogar hässlich, dumm und gemein, aber ich kann mir nicht helfen: Die Tattergreise und -greisinnen an der Supermarktkasse gehen mir auf die Nerven. Genauso wie die hochsensiblen Drehtüren im Hauptbahnhof oder bei Ikea, die erbarmungslos zum Stillstand kommen, wenn man sich ihnen allzu schwungvoll nähert.

Wie die Rentner da in Zeitlupe ihr Toastbrot und den Scheiblettenkäse aufs Band packen, dreimal nachfragen, was nochmal die Summe war, den Geldbeutel fürs Kleingeld hinhalten, aus dem die Kassiererin sich bedienen soll. Es dauert so wahnsinnig lange! Und ich habe es eilig! Immer! Auf der Straße beschleunige ich meinen Schritt, sobald mir ein Rollator quer kommt. Ich überhole die Alten sofort, wenn ich sie sehe. Oder ich schlage einen großen Bogen um sie. Oder ich mache einen schnellen Sprung an die Kasse, wenn ich aus den Augenwinkeln einen alten Menschen heranschlurfen sehe. Natürlich lasse ich mir nichts anmerken, ich rolle weder mit den Augen noch schnaufe ich genervt. Aber mir geht jedes Verständnis dafür ab. Wie kann man nur so langsam sein! Ich denke manchmal: Die sind wirklich alt, viel älter als ich. Und viel langsamer als ich. Es kann doch nicht wahr sein, dass ich in ein paar Jahren so wie die sein soll.

Das habe ich schon einmal beschlossen: Als Kind war ich fest davon überzeugt, dass man aufgrund irgendeines bösen Zaubers mit dem Erwachsenwerden die Fähigkeit verliert, zu rennen. Um mich herum gab es nur Erwachsene, die gemessenen Schrittes ihrer Wege zogen und schimpften, wenn man ihnen entgegenrannte und sie vielleicht ein winzig kleines bisschen und ganz aus Versehen anrempelte. Alte Männer hoben ihren Gehstock und schwangen ihn drohend hinter uns Kindern her, wenn wir sie überholten. Kein Mensch rannte damals, abgesehen von dem schrulligen Sportlehrer, der einsame Waldläufe machte. Aber den nahm keiner für voll. Nur die Kinder rannten, Erwachsene gingen. Damals habe ich mir fest vorgenommen, ganz genau darauf zu achten, wann es losgeht, und dann einfach weiterzurennen, damit ich es nicht verlerne. So wollte ich dem bösen Zauber entkommen. Bis heute hat das ja ganz gut geklappt, deshalb bin ich zuversichtlich, dass ich vielleicht alt, aber nie so langsam werde wie sie.

12. August

Nachtrag. In die richtig Alten kann man sich als jüngerer Alter nicht so leicht einfühlen und hineinversetzen, geschweige denn sich mit ihnen identifizieren. Man kennt sie ja (noch) nur von außen. Wenn man den Fehler macht, um die Mittagszeit im Supermarkt um die Ecke schnell was einkaufen zu wollen, kriegt man es an der Schlange vor der Kasse garantiert mit etwa zwanzig schnatternden Teenagern aus der benachbarten Berufsschule zu tun, von denen jeder einzelne einen einzigen Schokoriegel, ein Magermilchjoghurt oder einen Energydrink mit der Kreditkarte bezahlt. Das dauert viel länger als die paar alten Damen, die mit zitternden Fingern das Kleingeld abzählen wollen und dann doch ergeben der Kassiererin die Geldbörse hinhalten. Mit Jüngeren bin ich viel nachsichtiger, schon weil ich ihr Alter hinter mir habe und noch gut weiß, wie das war.

15. August

Die Wahrheit ist: Selbst wenn sie nicht meine Mutter wäre, würde ich alles drum geben, mit ihr befreundet zu sein – so steht's in fröhlichem Pink auf dem bunten Gläschen, das Elise mir gestern mit einem strahlenden Lächeln überreicht hat. »Für dich, habe ich dir mitgebracht.« Sofort wurde mein Herz ganz weich, schickte eine warme Welle zum Kopf und runter bis zu den Zehenspitzen. Was für eine Liebeserklärung! Ich freu mich sehr und weiß doch: Das ist viel zu schön, um wahr zu sein.

Lichte Momente wie dieser sind verführerisch, und das hat schon früh begonnen. Hin und wieder ist es mir gelungen, eines meiner vier willensstarken Kinder zum Einlenken zu bewegen – mit nichts als der Überzeugungskraft eines Arguments, einem sorgsam dosierten Gegenvorschlag, einem Appell an die vier-, fünf- oder sechsjährige Vernunft. In dieser Sternstunde blitzte der schöne Elterntraum von einer liebevollen Beziehung wieder auf, die wie eine gute Ehe, eine Partnerschaft oder gar echte Freundschaft funktioniert. Ich wollte doch immer nur ihr Bestes – aber ich kriege es nicht. Kleine Kinder sind nämlich keine Partner und große keine Freunde. Von einem guten Partner darf man erwarten, dass er abends, nachdem er sich verabschiedet hat, auch ins Bett geht und nicht noch zehnmal wieder auftaucht, um ein Glas Wasser, eine Geschichte, einen Kuss und noch ein Gutenachtlied zu verlangen. Einem Partner darf man übelnehmen, wenn er einen mitten in der Nacht wachrüttelt, weil er aufs Klo muss und sich vor den Silberfischchen fürchtet oder weil ihm plötzlich eingefallen ist, dass er noch ein Gedicht auswendig lernen muss.

Gute Partner sind im gleichen Interesse vereint – das von Eltern und Kindern geht bisweilen auseinander, und genau genommen passiert das viel öfter und dauert länger, als man wahrhaben möchte. Mir lag immer daran, die gute Beziehung zu erhalten. Meinen Kindern eher weniger – sie wollten vor allem unabhängig sein. Mich gut mit ihnen zu verstehen war mir immer wichtig, aber auch wenn sie jetzt erwachsen sind, stehen wir immer noch nicht auf Augenhöhe. Ich bin immer noch mehr eine Präsenz als eine Person: Wenn Elise zu Besuch kommt, futtert sie meinen Kühlschrank leer. Das Gegenteil wäre undenkbar. Nicht, dass mich das groß stören würde. Ich bin immer noch froh über jede Gelegenheit, ihr etwas Gutes tun zu können. Doch dieses Weh und Ach, wenn sie dann weiterzieht, das ich im Allgemeinen gut unter einer Maske routinierter Fröhlichkeit verbergen kann, beunruhigt mich. Ich will ja nicht klammern, aber warum muss sie nach einem kurzen Stündchen wirklich wieder los? Es hilft ja nichts, unsere gemeinsame Wegstrecke hat längst eine neue Etappe erreicht. Wir reisen zusammen und entfernen uns voneinander. Kinder sind keine Freunde.

Ganz egal, wie das Leben läuft, ob Eltern und Kinder sich gut verstehen oder anhaltend zoffen und sogar wenn sie kein Wort mehr miteinander sprechen, bleiben sie noch im gemeinsamen Schweigen verbunden. Man gehört zueinander wie die Haut, in der man steckt. Freunde dagegen suchen wir uns aus. Weil wir uns mögen, verstanden fühlen, den gleichen Humor teilen, unsere Gedanken austauschen und gegenseitige Kritik gut aushalten. Freundschaften kommen freiwillig zustande, Eltern kann man sich genauso wenig aussuchen wie Kinder. Freundschaften kann man beenden, das Verhältnis zwischen Eltern und Kindern ist unkündbar. Die Rollenverteilung kann nie ganz aufgehoben werden, auch wenn das Verhältnis zwischen Müttern und Kindern mit der Zeit relativ symmetrisch werden kann.

Mütter bleiben Versorger, Kinder kämpfen um Unabhängigkeit. Eltern betonen die Gemeinsamkeiten, Kinder die Unterschiede zu ihren Eltern. Emotional, sozial und finanziell investieren Eltern viel mehr in die Beziehung zu ihren Kindern als umgekehrt. Um das auszuhalten, nehmen Eltern die Beziehung als besser wahr, neigen zu Beschönigungen und spielen Konflikte herunter. Themen wie frühere Erziehungsmiseren, Tod, aber auch alles, was Sex und Partnerschaft betrifft, werden gern ausgeklammert – auch das unterscheidet Freundschaften von Eltern-Kind-Beziehungen. In jeder gefühlsmäßigen Beziehung kann derjenige, der sich weniger eingelassen hat, demjenigen, der sich mehr eingelassen hat, die Bedingungen diktieren. Vielleicht ist die Evolution der Grund dafür. Meine Gene haben nichts davon, wenn ich meinen Eltern etwas gebe, sondern nur, wenn ich meinen Kindern etwas gebe. Geben und Nehmen in schöner Balance, das wäre ein Grundbaustein gelingender Freundschaften unter Gleichen. Bei Eltern und Kindern passiert das bestenfalls nacheinander. Eltern geben, solange sie können, Kinder geben erst, wenn Eltern mehr brauchen. Und das ist viel besser, als es klingt: Was sie von mir an Gutem erfahren haben, werden sie an ihre eigenen Kinder weitergeben. Noch nie in der Geschichte war Eltern und Kindern eine so lange Phase gemeinsamen Erwachsenseins vergönnt. Wir teilen ähnliche Lebenssituationen: Wir sind berufstätig, wir verlieben uns, wir haben Kinder und Pflichten. Und wir kommunizieren viel mehr: die tägliche E-Mail, die SMS zwischendurch und selbst das wöchentliche Telefonat war früheren Generationen nicht gegeben.

Was liegt für zwei einander so innig verbundene Erwachsene näher, als in Freundschaft auszuweichen, wo altgediente Modelle aus Respekt, Gehorsam und Tradition nicht mehr reichen, um das Vakuum auszufüllen?

Doch die grundsätzliche Asymmetrie bleibt. Den Mutterinstinkt gibt es, doch keinen Tochterinstinkt. Mütter fürchten, ihre Söhne zu verlieren. Söhne sorgen sich selten, jedenfalls nicht ausdrücklich, ihre Mütter zu verlieren. Väter danken zugunsten ihrer Schwiegersöhne spontan ab. Eltern stellen die nutzlose Vergangenheit dar – und das tut manchmal weh. Die Idee, in Kindern Freunde sehen zu wollen, hat auch mit dem aberwitzigen Jugendwahn unserer Gesellschaft zu tun.

Eltern kommt von älter, aber wer will sich das schon eingestehen? Kumpelpapas mit Baseballkappe oder Mutter und Tochter beim gemeinsamen Shoppen bestimmt nicht. Sie wirken wie beste Freundinnen, aber in Wahrheit braucht die Tochter das Geld der Mutter und die Mutter die Gesellschaft der Tochter. Wäre das so schlimm? Eigentlich nicht. Zwei Probleme zusammen können durchaus eine Lösung sein. Auf dem Gläschen, das meine Elise mir geschenkt hat, sieht man zwei weibliche Wesen. Die eine hält ein Herz in der Hand, die andere eine Shopping Bag, aber sie halten sich an den freien Händen.

Wie man Kinder aufzieht und festhält, nicht, wie man einander entkommt und neu begegnet, sind die beherrschenden Familienthemen unserer Kultur. Dabei neigen auch wir Älteren dazu, die Warte der Jüngeren einzunehmen. Alles Recht, aber auch alle Not scheint auf ihrer Seite zu liegen. Selbst Dichter werden zu Parteigängern: Ob ihre Helden nun Holden Caulfield, Werther oder Törless heißen, die Leiden der Heranwachsenden scheinen uns näher zu sein als die ihrer Eltern – als dürften Eltern nicht zugeben, dass es schwerfällt, die Kinder loszulassen. Mütter wie Väter leben mit der gesellschaftlichen Erwartung, das alles ganz großartig und reibungslos zu absolvieren. Sie neigen dazu, ihr eigenes Verständnis für die Ansichten, Lebensweisen und Entscheidungen ihrer Kinder zu überschätzen, und sind enttäuscht, wenn Kinder es ihrerseits an Verständnis für die Gefühle ihrer Eltern mangeln lassen. Wer hat noch nie einen Vater schmollen sehen, weil sein Sohn nicht mit ihm spielen wollte? Oder eine Mutter, die ihre Tochter um die unbeschwerten Nächte auf dummen Teenagerpartys beneidet? Hat man je ein Kind sagen hören: »Oh, es war mein schönstes Weihnachtsgeschenk, als Mama zur Marketing-Direktorin befördert wurde. Ihre Karriere ist mir so wichtig!« Oder: »Ich bin ja so froh, dass Papa endlich eine Frau gefunden hat, die ihn so liebt, wie er ist, und nicht versucht, ihn umzuerziehen!«

Kindern ist die emotionale Erfüllung der Eltern ziemlich egal, ebenso wie die berufliche. Sie trennen sich auch nur mühsam vom Bild der starken Eltern. Vor Jahren habe ich mal fürchterlich geheult. Es hat meine Töchter sehr irritiert, dass ich aus der Rolle gefallen bin. Sie sprechen heute noch davon, wie enttäuscht sie waren, weil sie mich so schwach erlebt haben. Mehr als angewidertes Abwenden wird man bei Teenagern nicht ernten, wenn man durchblicken lässt, durchaus ein Privatleben jenseits der Mutterrolle zu haben. »Keine weiteren Informationen!!!«, schrie Nick vor ein paar Jahren und hielt sich die Ohren zu, als ich nebenher eine Verabredung mit DHL erwähnte. Dabei hatte ich gar nicht vor, mit Einzelheiten aufzuwarten. Ausgerechnet er, der noch immer meine volle Aufmerksamkeit beanspruchte, wenn er liebeskummerkrank darniederlag. Meinen immer wieder mal zaghaft vorgebrachten Einwand, wonach auch ich ein Recht auf Glück und Erfüllung habe, den Hinweis, außer Mutter auch Frau zu sein, ließen alle vier nicht gelten. »Du brauchst keinen Mann. Du bist glücklich mit uns.«

Wir geben, und sie nehmen. Ein für alle Mal? Es ist deshalb noch lange keine Einbahnstraße, auf der wir miteinander unterwegs sind. Eher eine Wippe, auf der wir uns gegenübersitzen. Die lichten Momente gleicher Augenhöhe, es gibt sie durchaus. Doch sie sind winzig, flüchtig, köstlich und kippelig. Das ganze Ding bleibt immer in Bewegung.

18. August

Es hat ganz harmlos mit dem Staubwischen angefangen. Dass hier auch mal wieder aufgeräumt werden müsste, habe ich gedacht und angefangen, die Bücher in meinem Regal herumzuschieben. Es sind einfach zu viele! Aber ich bringe es nicht übers Herz, ein Buch wegzuwerfen. Alle Jubeljahre habe ich zwar die Bestände schon ausgedünnt, Bücher verschenkt oder verkauft. Aber jetzt muss ich die Sache mal grundsätzlich angehen: radikal ausmisten oder ein weiteres Regal kaufen. Aufräumen, Ballast abwerfen – das macht so froh und leicht wie Abnehmen, jubelte Christiane neulich, nachdem sie einen ganzen Nachmittag mit großem Gejammer versucht hatte, den Inhalt ihres Kleiderschrankes vor meinem Zugriff zu bewahren. Dabei hatte sie mich gebeten, ihr zu helfen, das Volumen um ein Drittel zu verkleinern, bevor sie den unverzichtbaren Rest in ihre Umzugskartons verstaute. Mit strengem Blick habe ich ein Kleid nach dem anderen gemustert und aussortiert, was mir zu bunt, zu dünn und abgetragen, zu madamig, zu unmodern, zu jugendlich erschien. Mehr als einmal hat sie ein überzeugendes Todesröcheln simuliert, denn es tut wirklich weh, sich von Kleidern zu trennen, die man seit zehn Jahren nicht mehr, oder von Fehlkäufen, die man überhaupt noch nie getragen hat. Doch ich habe mich nicht beirren lassen, und als wir fünf große Plastiksäcke mit Schlaghosen, Blümchenblüschen, Schleifenkleidern, ausgeleierten Wollpullovern und Motto-T-Shirts gefüllt hatten, strahlte sie vor Erleichterung. Damit auch nichts schiefgeht und sie, gleich wenn ich weg bin, die Sachen wieder auspackt, habe ich sie gezwungen, die Säcke mit mir ins Auto zu bringen und den nächsten Altkleidercontainer anzusteuern.

Aber Bücher sind schwieriger als Kilos und Kleider. Allein die Frage, ob ich die Romane von Balzac, Irving oder Doris Lessing ein zweites Mal lesen werde, hat mich schon in abgrundtiefe Verwirrung gestürzt und in lähmender Tatenlosigkeit erstarren lassen. Was, wenn ich heute etwas aussortiere, das ich morgen dringend brauche? Darf man alte Ausstellungskataloge, Programmhefte und Ansichtskarten wegwerfen? Ist es Frevel, Weltliteratur rauszuschmeißen, selbst wenn man sie nicht mag oder wie im Falle von *Ulysses* nie verstanden hat? Schon der Gedanke daran reicht, um mich bis auf Weiteres vom Projekt Bücheraussortieren abzuhalten. Auf alte Rezensionsexemplare und irgendwelche geschenkten Kandidaten, uralte Raubdrucke oder verklebte Kochbücher kann ich getrost verzichten, was aber mit dem laufenden Meter Brockhaus im Regal? Meine Mutter hat mir die blauen Bände geschenkt, als das erste Baby lesen lernte. Der blaue Bildungshintergrund im Küchenregal ist mittlerweile nach jahrelang erzwungenem Gebrauch für Hausaufgaben und Referate zum Fossil geworden. Das sehen die Kinder auch so: Mamaaa, heißt es dann in diesem nachsichtig geschnauften Ton, das braucht man heute nicht mehr, dafür gibt's doch Google. Etwas unangenehm berührt dachte ich an meine Mutter und ihre exorbitante Sammlung von gewissenhaft ausgewaschenen Joghurtbechern. Nie hätte sie etwas weggeworfen, was man vielleicht noch gebrauchen könnte. Aber meine Mutter spricht inzwischen ja auch von D-Mark, wo es Euro heißen muss, genau wie meine Oma einst von Reichsmark sprach, wenn sie D-Mark meinte. Soll ich jetzt anfangen, vom Brockhaus zu sprechen, wenn ein zufällig anwesendes erwachsenes Kind schnell mal auf dem Smartphone etwas googelt?

Eines Tages werde ich in dieser Wohnung Ordnung schaffen und mit dem Buchtitel-Posing Schluss machen. Wer wissen will, ob ich die Romane von Stefan Zweig, Oscar Wilde oder Elfriede Jelinek wirklich gelesen habe, kann mich ja fragen. Obwohl – Goethe bleibt auf jeden Fall. Irving und Updike auch. Hermann Hesse, unbedingt. Roger Willemsen dagegen fliegt raus. Ich kann ihn nicht mehr ausstehen, seit er in einer Talkshow vorgeschlagen hat, dass man aus Heidi Klum die Scheiße herausprügeln müsste. Model-Matrone hin oder her, aber so viel Solidarität muss sein. Raus mit Roger. Aber was ist mit den anderen?

Vielleicht fange ich auch erst einmal mit dem Keller an, in den ich seit Jahren nicht mehr hineinzuschauen wage. Von dem ganzen familiären Strandgut aus Ritterburgen, Piratenschiffen, Puppenbetten, Fußbällen und Wasserpistolen könnte ich mich doch allmählich mal trennen. Vielleicht sollte ich einen Container mieten und einfach alles reinwerfen, was ich seit Jahren nicht mehr in der Hand gehabt habe. Womöglich ist der Keller eine Initialzündung, um mich auch an all die Schubladen, Kisten und Kommoden zu wagen. Dann kämen die Berge von Papier, Notizblöcken und alten Briefen dran, die sich in meinen Schränken stapeln, und am Ende wäre womöglich sogar mein Computer fällig. Uralte Mails, namenlose Dateien, Tausende von Texten, nach denen kein Hahn mehr kräht … Er ist schon ganz langsam geworden, der gute alte Mac.

Es gäbe wirklich so viel zu tun.

19. August

Ich guck ihn so gerne an, besuche ihn mehrmals täglich, reibe die Finger an den Kräutern, nehme den Duft mit, zupfe hier ein bisschen, da ein bisschen. Trage dann das geheimnisvolle Gefäß meiner Existenz, den Leib, behutsam in den Liegestuhl auf dem Balkon. Hortus conclusus, der ummauerte Klostergarten. Ein Ort der inneren Einkehr, aber auch der Abkehr, ein Ort, der will, dass man das Interesse an der Welt verliert. Ich gebe den Blumen einen Wink, damit sie deutlich duften, sporne die Kräuter an, es den Blumen gleichzutun. Schiebe die Wolke vor der Sonne weg. Lasse den Wind ein wenig wehen, lüfte meine Gedanken. Geistige Wirkung geht der körperlichen voraus. Ich habe Zeit. Ich werde ruhig. Ich entspanne mich. Die erste Welle kommenden Wohlbehagens durchströmt mich sachte. Ich halte Zwiegespräch mit meinem Körper. Horche in mich hinein und lausche den zarten Stimmen der Haut und der Gelenke, der Blutgefäße und der inneren Organe, die sich alle zusammen dringend nur eines wünschen: dass dieser Sommer ewig bleibt.

21. August

Dass ich mir endlich eine externe Festplatte anschaffen soll, damit mir meine Texte nicht dauernd abschmieren, hat Leander mich heute Morgen angeschnauzt. Er hat ja recht, aber ich fürchte mich vor dieser dringend notwendigen Anschaffung, weil ich mich in den Läden, wo man diese Sachen kaufen kann, so verloren fühle. Fernseher und Computer, Kopfhörer und CDs erkenne ich noch, aber viel mehr nicht. Ich habe keine Ahnung, was man mit diesen Gerätschaften anfängt, die auf den Werbebeilagen in der Zeitung abgebildet sind. Und ich fürchte mich vor dem schnöseligen Verkäufer und seinem herablassenden Lächeln, wenn ich eine externe Festplatte kaufen will und er mich vielleicht nach Vor- und Nachnamen und Anschrift meines Computers fragen könnte, worauf ich die Antwort schuldig bleiben müsste. Ganz zu schweigen davon, dass ich keine Ahnung habe, wie ich eine tragfähige Verbindung zwischen externer Festplatte und Computer herstellen sollte. Da müsste ich Leander wieder fragen, und das könnte, falls mir der Kauf gelänge, leicht zur nächsten Runde der rituellen Demütigungen führen. Je größer der Abstand zwischen ihm und dem Fußboden wird, desto weniger Geduld legt er mit mir und meinen Mängeln an den Tag. Seit zwei Jahren schon muss ich nach oben schimpfen! Er hilft mir zwar, wenn ich ihn lange genug bitte, aber er verweigert die Hilfe zur Selbsthilfe. Er erklärt mir nicht, was er tut, sondern tippt schweigend und mit abweisender Miene auf der Tastatur herum. Das klingt wie eine Horde Spatzen, die über ein Blechdach trippeln. Ganz hübsch, eigentlich. Dann ist er fertig, und irgendetwas ist installiert, ein Foto in einen Ordner gesteckt, ein Text wiedergefunden, ein Cache geleert, was immer das bedeuten mag.

»Ich habe einfach keine Geduld, dir das zu erklären«, weist er meinen Wissensdurst zurück und nuschelt, dass er's lieber selber mache, weil das schneller gehe. Er, dem ich jahrelang einfühlsam und geduldig die Welt erklären musste, weil er auf jede Antwort eine neue Frage hatte! Ich leide, still, aber ich leide und stelle fest, dass sich zur Angst um die Kinder, die mich am Wickel hat, seit sie auf der Welt sind, auf einmal die Angst vor den Kindern gesellt. Vor ihrer Kraft, ihrer Schnelligkeit, ihren Gewissheiten, die den Spalt zwischen mir und ihnen allmählich zur Kluft vergrößern. Ich kann nicht mehr ganz Schritt halten. Mein Hinterherhinken ist nicht besonders auffällig, sondern geschieht fast unmerklich und doch unaufhaltsam. Und in mir wächst die dunkle Ahnung: Ihre Ungeduld über meine Unfähigkeit, technische Geräte zu verstehen, ist erst der Anfang.

23. August

Schon einfache Worte entpuppen sich als Stolpersteine. Leander und Charlotte grinsen sich vielsagend an, wenn ich von Disco rede, wo es doch Club heißt. Und was man da macht, nennt man Feiern und nicht mehr Abhotten. Was am Tag darauf notwendig wird, heißt Chillen und nicht mehr Rumhängen. Spätestens wenn ich von »Daddeln« am Computer rede, brechen sie in hysterisches Gegacker aus. »Zocken« ist das neue »Daddeln«. Am meisten irritieren mich ihre Wendungen, die ich auf Anhieb gar nicht verstehe und mir mühsam ableiten muss wie Fremdworte aus dem Lateinischen. »Ich hau rein!« (Imperfekt: Ich bin reingehauen!) kündigt nicht mehr strafbewehrte Tätlichkeiten an, sondern bedeutet: »Ich gehe dann jetzt mal.«

Das Potenzial für Peinlichkeiten wächst. Aber deshalb werde ich mir noch lange kein Vokabelheft anlegen oder heimlich im Lexikon der Jugendsprache nachschlagen. Ist noch gar nicht so lange her, dass meine Eltern sich streng verbaten, wenn ich auf eine Aufforderung mit

»Kein Bock« reagierte. Wenig konnte sie so aus der Reserve locken wie mein »Hi!« anstelle von »Guten Morgen!«. Und sie flippten regelmäßig aus, wenn ich meiner Begeisterung mit dem heute so harmlosen Wörtchen »geil« Ausdruck verlieh. »Was heißt hier eigentlich cool?«, empörte sich einst meine Mutter. Und ich winkte ab, weigerte mich, ihr das zu erklären. Hätte sie eh nicht verstanden, die alte Frau. Eine Ewigkeit, also vierzig Jahre liegen zwischen diesen beiden Momenten, die nicht zusammengehören, jetzt aber wie eine Einheit auftreten oder doch so verstanden werden wollen.

27. August

Es war ein Schock. Es hat mich kalt erwischt. Es war so furchtbar! Auf dem Rückweg vom Schwimmbad wollte ich nur noch schnell ein paar Sachen fürs Abendessen einkaufen, das Leander und Charlotte sich heute so dringend gewünscht haben. Während ich durch den Supermarkt gefegt bin und dabei bestimmt Kondensstreifen zwischen den Regalen hinterlassen habe, konnte ich gerade noch rechtzeitig einen Trupp von drei alten Damen kurz vor der Kasse überholen und meine Beute mit herrischer Geste aufs Band knallen. Würstchen, Blätterteig, Salat, Weintrauben, Schokoladenpuddingpulver, fertig. Zwölf Euro sechzehn verlangte die Kassiererin, und nach einem Blick in meinen Geldbeutel, der gähnende Leere offenbarte, ärgerte ich mich kurz, dass ich vergessen hatte, für baren Nachschub zu sorgen, und zückte meine EC-Karte. Sie schob sie ins Lesegerät und sah mich auffordernd an. »Geheimzahl bitte!« Mein Finger kreiste schon über dem Tastenfeld, doch der Befehl, die vier Ziffern einzutippen, wollte plötzlich nicht hinterherkommen. Verdammt! Es ist ein und dieselbe Geheimzahl, die ich seit mehr als zehn Jahren benutze, und jetzt war sie auf einmal weg. Gelöscht, verblasst, verschwunden, geflüchtet. Das Hirnareal, in dem meine Geheimzahl wohnt, muss sich in Luft aufgelöst haben oder abgestürzt sein. Sie blieb verschwunden, so sehr ich auch suchte, während mein Gesicht zu glühen begann. Der Schweiß stand mir auf der Stirn. Ich drehte mich nach links und sah sie: Drei uralte Hexengesichter an der Kasse hinter mir weideten sich an meinem Elend. Eine starrte aus trüben Augen auf meine Hand, die zweite nickte hochmütig zu meinem offensichtlichen Versagen, wobei die Hautlappen an ihrem Hals im Takt schwangen. Es schien, als würden ihre Bewegungen nicht ihrem Willen, sondern einer verborgenen galvanischen Kraft entspringen. Die dritte spitzte hochmütig die grellrot geschminkten Hautfalten, die vor Urzeiten Lippen gewesen sein müssen. Ja, das kennen wir, und jetzt hat's dich auch erwischt, schienen sie zu sagen: Willkommen im Club. Ich habe irgendwelche Entschuldigungen gestammelt, die Beute freigeben müssen und die Flucht ergriffen.

Vergessen fühlt sich tatsächlich manchmal an wie eine Flucht.

Ich habe immer schon Angst davor gehabt, dass ein Wort oder ein ganzer Satz im entscheidenden Moment fluchtartig aus meinem Kopf entschwindet, wenn ich mich ausführlich zu irgendetwas äußern soll – in Schulreferaten, in Prüfungen, in Interviews. Passiert ist das bisher noch nie. Vielleicht war meine Angst vor dem Blackout ein magischer Schutz? Alle schrecklichen Blamagen, jedes peinliche Versagen, das ich mir vorstelle und in grellen Farben ausmale, passieren in Wirklichkeit schon deshalb nicht, weil ich sie in meiner Fantasie tausendfach durchlebt und durchlitten habe. Und jetzt bröckelt der magische Schutz. Nicht im Traum hätte ich daran gedacht, dass ich die Geheimzahl meiner EC-Karte vergessen könnte. Namen, Film- und Buchtitel, Worte – schlimm genug, aber PINs? Mein Gedächtnis wird unberechenbar und versagt, wenn ich etwas Bestimmtes von ihm verlange: ein Name, ein Wort oder eine Zahl, die ich sonst im Schlaf herunterbeten kann. Das abhandengekommene Wort umflattert mich wie eine fette Stubenfliege, die mit ihrem Gebrumm allgegenwärtig nervt, aufreizend nah und stets außerhalb meiner Reichweite herumschwirrt, wenn ich zuschlagen will. Nur um Stunden später wie aus dem Nichts wieder aufzutauchen, etwa wenn ich Wäsche aufhänge, telefoniere oder vom Briefkasten zurückkomme und an etwas ganz anderes denke.

»Cannelloni«, das mir gestern entfallen war und das ich durch »Lasagne« ersetzen musste, tauchte wieder auf, als ich Stunden später an der Bushaltestelle stand. Andere Worte, die mir regelmäßig entfallen, sind »Voyeur« und »Browser« und »Minderwertigkeitskomplex«. Am häufigsten verflüchtigen sich jedoch die Namen von Menschen. Und gerade kommt mir wundersamerweise beim Schreiben die Geheimzahl wieder in den Sinn, jetzt, wo ich sie nicht mehr brauche. Natürlich. Mein Kopf führt sich manchmal auf wie eine übervolle Festplatte.

Aber wenn schon: Ganze Wälder entstehen aus vergessenem Futter, dank der Eichhörnchen, die sich einfach nicht merken können, wo sie ihre Vorräte für den Winter versteckt haben!

31. August

Ich fühl mich schlapp.

Ich sehe alt aus. Ich fühle mich nicht wie ich.

Meine Hände sehen aus wie ein vertrocknetes Flussbett.

Ist das ein Leberfleck oder was?

Der Fleck ist braun. Und er war gestern noch nicht da.

Wo kommt das denn schon wieder her?

Ich werde alt.

Wie kann das sein? Ich bin doch erst neunundvierzig.

Mein Gott, neunundvierzig?

Ich war doch gerade noch dreißig.

Ich bin zu jung für Altersflecken.

Die Hände meiner Mutter sind mit Altersflecken gesprenkelt.

Ich schätze, ich sollte es hinnehmen, wie sie es tat. Oder stets weiße Handschuhe tragen wie die Queen.

Quatsch.

Ich geh joggen.

Wenn ich eine Stunde gelaufen bin, fühle ich mich immer besser.

Ich kann keine Stunde laufen, meine Knie tun weh.

Ich bin so müde.

Aber nach dem Laufen würde ich mich bestimmt besser fühlen.

Ich weiß nicht, was ich machen soll.

Ich fühl mich schlapp.

2. September

Ich habe heute den ganzen Tag noch kein Wort geredet. Oder besser: nicht reden müssen. Leander und Charlotte, die einzigen Anwärter auf meine freundlich strömende Ansprache, sind verreist, und wenn ich Glück habe, muss ich auch morgen und übermorgen kein Wort reden. Eine erwartungsvolle Stille flutet die Wohnung, seit sie die Haustür hinter sich geschlossen haben, und ich kann aufatmen. Kann Guns N' Roses oder Maria Callas bis zum Anschlag aufdrehen. Ein schönes Loch in die Luft gucken oder nach dem Aufstehen nackig aus dem Bad gehen und Kaffee kochen – ohne dass ein genierlicher Teenager »Iiihhh, Mama!!!« schreit. Ich könnte auch das Küchenradio anschalten, das sie mir vorsorglich geschenkt haben, angeblich für die Tage, wo ich ganz alleine bin und niemand mit mir redet. Aber ich will nicht. Ich will meine Ruhe haben. Das gefällt mir ausnehmend gut. Nur wenn man seine Ruhe hat und mit niemandem reden muss, kann man alles tun, was man will, jedenfalls in Gedanken.

Und schon kommt mir DHL in den Sinn. Der Mann für gewisse Stunden – vom Segen dieses Arrangements bin ich anhaltend und immer noch begeistert. Ich kriege nur die Rosinen und muss nicht den ganzen Kuchen essen. Feine Sache, die mir den ganzen Paarhufertanz erspart. Was er wohl gerade macht? Wahrscheinlich hat er schon mit der Gattin auf dem Sofa vor dem Fernseher Platz genommen. Ob die sich wohl auch stundenlang vor der Flimmerkiste anschweigen und dazu Chips knabbern? Wie spießig! Wie langweilig!

Was wir alles tun könnten, wenn er jetzt bei mir wäre! Eine zuverlässig leere Wohnung wäre doch eine feine Gelegenheit, mal nur für Erwachsene zu sein. Er würde von der Arbeit kommen und eine Flasche Rotwein mitbringen. Ich hätte großartig gekocht und sähe großartig aus. Wir würden zusammen essen, aber nicht gleich. Bei meinem Anblick wäre er so hingerissen, dass er noch in der Küche über mich herfallen würde. Ah! Dann würden wir zusammen essen und ein wunderbar anregendes Gespräch über die Ukraine-Krise, Niedrigtemperaturgaren, Golf oder meinetwegen auch Rückenschmerzen führen. Oder wir würden tanzen, im Kerzenlicht und innig umschlungen. Und dann gingen wir ins

Bett, endlich mal in unser Bett und kein Hotelbett fürs Stundenglück.

Schluss damit! Hör auf!

Bin ich eigentlich damals auf ihn abgefahren, oder war ich einfach nur innerlich bereit, auf jemanden abzufahren, und dann ist er auf der Bildfläche erschienen? Wie kam das eigentlich, warum ist mir das passiert? Das Wort vom Sprung zur Seite täuscht. Es war weniger ein Vorsatz zum Treuebruch, eher eine Art Drift, wie sie auch langsam und jedenfalls unmerklich für ein Menschenbewusstsein die Kontinente verschiebt, so lange, bis ein jähes Beben losbricht und die Proportionen neu ordnet. Eine Art Sehnsucht nach einem überraschenden Abenteuer mitten im Alltagstrott, eine überaus sentimentale Hoffnung auf eine aufrüttelnde Begegnung unter ungewöhnlichen Umständen, das alles war schon da, bevor er aufgetaucht ist. Und immer wieder schwemmt sie eine beunruhigende Frage nach oben: Mein sorgfältig geplantes, gut durchdachtes, effektiv organisiertes Leben, meine Kinder, deren Vater, meine Arbeit – war das jetzt schon alles, was das Leben und die Liebe mir zu bieten haben?

In den Lücken des Tages nisten die Träume von einem schicksalhaften Zusammentreffen mit einem atemberaubenden Mann, der so ganz anders ist als der Mann, der zu Hause auf einen wartet. Dessen geschätzte Eigenschaften ich damals auch nicht missen wollte. Um seinen Abschied habe ich ihn erst viel später gebeten. Wenn man erst einmal mitkriegt, wie ein Mann einen

Sitzbauch kriegt und seine Schläfen ergrauen, wenn er mitkriegt, wie man nach jeder Schwangerschaft ein paar Streifen und wahrscheinlich auch ein paar Kilo mehr davonträgt – auch das schweißt zusammen. Gibt es einen dümmeren Vorwurf als den: Du bist nicht mehr der, den ich geliebt habe. Sicher ist er das nicht, und man selbst auch nicht. So, wie man selbst ohne nennenswerte Verzweiflung vom Spaghettiträgertop zum ausgeleierten Sweatshirt voller Babyspucke übergeht, verändern sich eben auch Beziehungen mit den Jahren. Manche reifen, manche altern, nicht wenige sterben.

Früher brachte man Sex mit frisch gewaschenen Haaren, asiatischen Stellungen, extravaganten Dessous, Candle-Light-Dinners und stimmungsvoller Musik in Verbindung. Der Kontrast zum irdischen Vollzug der beiderseitigen Begierden nach all den Jahren könnte größer nicht sein. Aber unter dieser Schicht von beständiger Mütterlichkeit und beruhigendem Sachwissen in allen Lebenslagen, hinter den tadellos gebügelten Blusen und der reibungslosen Organisation von Berufs- und Familienarbeit, hinter der zuverlässigen Gefährtin ohne unberechenbare Launen steckt doch auch noch das abenteuerlustige, kichernde, lebenshungrige Mädchen von damals. Ich wollte mich erinnern, wer ich eigentlich war, bevor ich Lebensgefährtin und Mutter wurde. Ob ich ein Glücksgefühl wiedererwecken wollte oder ob ich einer verlockenden Anwandlung schlicht nicht widerstehen konnte, weiß ich gar nicht so genau zu sagen. Aber ich war anfällig für ihn und bin es bis heute, mitten im Alleinleben.

Aber so ist es doch viel besser, sagte ich mir und begann, den Balkon aufzuräumen, weil es genau das war, was ich gerade tun wollte. Die dumme Idee, bei Rio Reiser eine Liedzeile zu klauen und ihm eine betörende SMS zu schicken, habe ich gleich wieder verworfen: Bin allein zu Hause, komm und schau's dir an.

Wozu? Wenn er jetzt hier wäre, könnte ich nicht in Ruhe den Balkon aufräumen, sondern müsste mich um ihn kümmern und vor allem mit ihm reden. Man kann so einen Mann ja nicht wie Luft behandeln, wenn einem danach ist. Das wäre aber wieder schade für den Balkon, denn das Gestrüpp aus welken Blättern und verblühten Blüten sieht traurig aus. Noch ist es warm und mild, aber der bevorstehende Herbst würzt schon die Luft.

Eigentlich wäre es schon manchmal schön, nicht so allein zu sein. Aus einer mittelschwer sentimentalen Anwandlung heraus rückte ich eine große, prächtige und sehr altmodische Pflanze namens Tränendes Herz an den Platz mir gegenüber, den ich in meinen schwächsten Momenten für DHL vorgesehen hatte. Vom Balkon nebenan winkte meine Nachbarin, sie hatte offenbar auch den Herbst gerochen und beschnitt die welken Kaskaden aus Geißblatt und Clematis, die ihre Balkontür umrahmten. Als sie auf die Leiter stieg, räusperte sich ihr Mann von drinnen aus der Wohnung. Die beiden sind ein wahres Musterexemplar von Paar, immer vergnügt und liebevoll miteinander. Manchmal im Sommer essen sie zusammen auf dem Balkon, und ich sehe die Kerzen flackern, höre das Besteck klimpern, die Gläser klirren und ihre Stimmen leise murmeln. Wenn sie lachen, zucke ich schon mal zusammen. Es reißt einen immer so abrupt aus dem Buch, wenn jemand plötzlich auflacht. Man freut sich, allein zu sein, und vertieft sich in ein Buch, dann lacht jemand, und man ist nicht mehr allein oder freut sich jedenfalls nicht mehr so daran, allein zu sein.

Die schlecht gelaunte Männerstimme von nebenan grätschte lauthals in meine Gedanken: »Was machst du denn da? Das ist ja ganz schief! So wird das doch nichts! Du schneidest viel zu tief!« Meine Nachbarin seufzte, rollte mit den Augen. »Jetzt misch dich doch nicht in alles ein! Ich mach das schon.« Aber er ließ nicht locker. »Dann mach's auch richtig! Sonst lass es lieber sein, bevor du die Pflanze ruinierst!« Sie stieg von der Leiter und schloss die Balkontür von außen. Er machte sie gleich wieder auf, streckte den Kopf heraus. Ein Wort gab das andere, sie wurden immer lauter und verlagerten dann das Duell in die Wohnung. Ich hörte, wie es drinnen weiterging und dann die Balkontür von innen geschlossen wurde. Plötzlich hochzufrieden habe ich das Tränende Herz angelächelt, das darauf zart im Abendwind zustimmend mit den Blättern nickte. Die winzigen herzförmigen Blüten zitterten leise. Später, beim Gießen, fragte ich auch die Tomaten, den Lavendel, die Rosen, die Margeriten und den Schnittlauch: Wir haben's hier doch eigentlich ganz schön miteinander, oder?

5. September

Für das Leben mit vier Kindern war das Arrangement perfekt. Statt zum Arbeitsplatz zu fahren, wenn die Kinder in die Schule gegangen sind, verschwand ich in meinem Arbeitszimmer, meistens noch im Nachthemd. Und da habe ich dann völlig unbeobachtet vor mich hingearbeitet. Wenn die Kinder krank waren und nicht zur Schule gingen, war ich wenigstens in ihrer Nähe und konnte einen Tee, Kekse und Apfelschnitzchen reichen, während sie leise vor sich hinstöhnten. Dem kleinsten Kind habe ich eingeschärft, den Hörer nicht abzuheben, wenn das Telefon klingelt, und den Großen habe ich beigebracht, ordentlich und höflich Namen und Nummer des Anrufers zu notieren, damit ich zurückrufen kann. Allen vieren habe ich das Wording für solche Fälle klargemacht: Es heißt nicht »Mama pennt« oder »Mama ist auf'm Klo«, sondern »Mama hat ein Meeting« oder »Mama spricht auf der anderen Leitung«.

Im Gegenzug habe ich früh gelernt, geschäftliche Telefonate zu führen, während ich ein zerschrammtes Knie zupflasterte oder ein Baby stillte, und auch das schmutzige Geschirr und die übervolle Wäschetonne bis zum Abend zu ignorieren und die Schritte der Zeugen Jehovas rechtzeitig zu erkennen, bevor sie an meiner Haustür klingelten. Die Arbeit von zu Hause aus sparte Geld, Zeit und Benzin und war eine vernünftige Lösung in den letzten zwanzig Jahren. Aber jetzt?

Manchmal wünsche ich mir, ich könnte morgens in ein helles, sauberes Büro mit netten Kollegen gehen, statt in einem unordentlichen kleinen Zimmer stundenlang allein vor dem Computer zu sitzen. Hin und wieder packt mich eine wehe Sehnsucht nach Kantinenessen, nach Neuigkeiten aus dem Liebesleben des stellvertretenden Ressortleiters, nach erfreulichen Begegnungen im Aufzug oder einem kleinen Schwatz am Kopierer. Ich ertappe mich in letzter Zeit öfter dabei, im Kiosk oder an der Supermarktkasse und in Wartezimmern nach zwischenmenschlichen Kontakten zu gieren. Es gibt immer wieder Tage, wo man ein Büro so dringend brauchen würde wie ein Teenager einen Club.

Die Abwesenheit eines lästigen Chefs ist natürlich ein Vorteil, und an sonnigen Tagen ist es wunderbar, schwimmen zu gehen und Fahrrad zu fahren, während man sich einredet, dass man die Arbeit abends nachholen kann. Aber wer von zu Hause aus arbeitet, muss sich selbst die strenge Feldwebelin sein und eiserne Disziplin einfordern, obwohl Kaffee und Schokolade in greifbarer Nähe sind und das Bett so verlockend aussieht. Mein Arbeitszimmer wird von keiner resoluten Büroputzfrau geputzt, und der Schreibtisch sieht aus wie ein bewohnter Bombentrichter: bedrohlich schwankende Bücherstapel, zerknäultes Papier, Notizzettel und unbeantwortete Briefe. Ich ziehe mich, wenn überhaupt, an wie ein Penner, weil ich nicht aus dem Haus muss. Wäre ich ein Laden, würde mich das Gewerbeaufsichtsamt wahrscheinlich schließen.

Von all dem sieht man nichts, wenn ich tatsächlich aus dem Haus muss. Bei all dem Chaos bei mir zu Hause – ich würde nie auf die Idee kommen, im Bademantel oder auch nur in Jogginghosen einkaufen zu gehen. Aber deshalb freue ich mich heute schon auf meinen Kurs in der Journalistenschule, der mich morgen und übermorgen zunächst unter die Dusche, dann in einen untadeligen Hosenanzug und endlich aus meiner Arbeitshöhle heraus in die Zivilisation treiben wird. Da gibt es Büros, Kantinenkaffee, Kopierer, Kursteilnehmer und Kollegen.

6. September

Das Beste an der Arbeit ist, dass sie einen davon abhält, an andere Dinge zu denken – Kinder, Liebhaber, Kontostände oder Altersbeschwerden. Ich habe mich so darauf gefreut, zwei Tage lang über die Themen zu reden, die meine Kursteilnehmer beschäftigen und nicht meine sind, aber mir eine innerliche Pause von meinen Problemen verschaffen. In der Vorstellungsrunde haben die acht Teilnehmer brav aufgesagt, warum sie diesen Kurs besuchen und was sie von mir erwarten. Der letzte Teilnehmer, etwa Ende dreißig, Anfang vierzig, grinste breit und sagte, er sei nur aus Neugier hier. Er habe mich im Radio gehört und sei jetzt doch sehr verblüfft, denn meine Stimme habe im Radio so viel jünger geklungen. Wenn er einfach ausgeholt und mir eine Ohrfeige verpasst hätte, hätte die Wirkung auch nicht verheerender sein können.

Zuerst stockte mein Atem, dann stolperte mein Herz, um gleich darauf wie wild loszuhämmern. Ganze Unkenchöre quakten plötzlich aufgescheucht durcheinander. *Selbst schuld! Warum hast du deine Arbeitshöhle auch verlassen! Was willst du alte Kuh hier eigentlich bei all den jungen Leuten? Ertappt! Erkannt! Aufgeflogen! Hier gibt's nichts mehr zu bluffen! Du hast tausend Falten, Tränensäcke, Altersflecken, und jeder sieht das! Da täuscht auch der schicke Anzug nicht drüber hinweg. Da kannst du deine Fingernägel noch so sorgfältig lackieren und deine grauen Haare noch so verbissen färben. Alte Kuh! Diese Linien um deine Augen, diese überflüssige Haut. Das hast du jetzt davon. All die Nächte mit zu wenig Schlaf. All die ungesunden Angewohnheiten. Warum hast du nicht besser auf dich aufgepasst? Du hättest wissen können, was kommt.*

Ich habe meine allerletzten Reste von Würde zusammengesucht und tief durchgeatmet. Einfach mal nichts gesagt. Muss ich jeden Ball annehmen, der mir vor die Füße gekickt wird? Das habe ich mein ganzes Leben lang getan. Und jetzt muss ich das nicht mehr. Da gibt's nicht mehr zu verteidigen als meine Ruhe. Die milchige Septembersonne schien durch die riesigen Fenster und füllte den Raum mit ihrem goldenen Licht. Ein schöner Spätsommertag, eine gute Arbeit. Außerdem sind die doch alle hier, um von mir was zu lernen. Mein Lächeln mag noch etwas geschwächelt haben, doch es war immerhin da. Die Unkenkakofonie in meinem Kopf verstummte augenblicklich.

Weil die Energie stets der Aufmerksamkeit folgt, habe ich den Vorfall einfach übergangen. Über was ich nicht nachdenke, tut auch nicht weh.

13. September

1989 klagte eine siebenundsiebzigjährige Darmstädterin gegen die Bezeichnung »Altweibersommer«. Der Name diskriminiere sie nicht nur als Frau, sondern auch wegen ihres Alters. Das zuständige Landgericht war jedoch anderer Meinung: Der »Altweibersommer« durfte seinen Namen behalten – immerhin stammt der schon aus einer Zeit, in der die beleidigte Klägerin noch gar nicht geboren war. Im Schriftsprachlichen wird der »Altweibersommer« seit Anfang des 19. Jahrhunderts erwähnt, als man das Jahr noch in die Winter- und die Sommerhälfte teilte. Der Frühling wurde »Junger Weibersommer«, der Herbst hieß »Alter Weibersommer«. Dieser Wärmerückfall, der uns zwischen Mitte September und Anfang Oktober ein paar strahlend sonnige Tage beschert, wird durch ein Festlandhoch über Osteuropa bestimmt, das trockene Luft nach Mitteleuropa bringt.

Wenn dann ein lauer Wind weht, lassen sich viele kleine Spinnen an ihren zarten Fäden durch die Luft pusten. Die Krabbeltiere haben unmittelbar mit der Namensgebung zu tun, denn »Weiben« ist ein altdeutscher Ausdruck für das Knüpfen von Spinnweben. In klaren Septembernächten kühlt es schon stark ab, sodass die vom Tau benetzten Spinnweben in der Morgensonne deutlich zu erkennen sind. Die glitzernden Fäden erinnern an die langen, silbergrauen Haare älterer Frauen.

Schon vor langer Zeit glaubten die Leute daher, dass alte Weiber – damals noch kein Schimpfwort – diese »Haare« beim Kämmen verloren hätten. Eine andere im Volksglauben verbreitete Erklärung hielt die winzigen Fäden gar für das Werk von Elfen oder Nornen. Diese Göttinnen aus der nordischen Mythologie spinnen den Schicksalsfaden eines jeden Menschen bis zu seinem Tod.

Östliche Legenden führten die weißen Spinnenfäden auch auf die heilige Maria zurück, die im Herbst mit zahlreichen Jungfrauen umherzieht und das Land mit Seide überspannt. Wahlweise sollen die Fäden auch aus dem Mantel stammen, den Maria bei ihrer Himmelfahrt trug. Auf diese christlichen Legenden gehen die vor allem im süddeutschen Raum bekannten Bezeichnungen »Mariengarn«, »Marienhaar« oder »Unserer Lieben Frauen Gespinnst« zurück.

Den »Altweibersommer« gibt es übrigens nicht nur im deutschsprachigen Raum. Das Wetterphänomen wird in Schweden als »Birgitta-Sommer« bezeichnet, die Schweizer reden zuweilen vom »Witwensömmerli«, in finnischen Ländern heißt es schön und lautmalerisch »Ruska-Aika« und in Amerika heißen die sonnigen Tage »Indian Summer«. Der amerikanische Name geht auf die Zeit der großen Trecks zurück, als die Weißen nach Westen zogen und die Gebiete der Indianer zu erobern begannen.

Die an Zahl und Waffen unterlegenen Ureinwohner wussten sich oft nur mit falschen Zugeständnissen zu wehren, um ihre Haut zu retten. Schließlich unterstellten ihnen die Weißen, dass die Indianer beispielsweise Geschenke nur in heuchlerischer Absicht übergaben. Damit wird auch der »Indian Summer« zum Synonym für eine Mogelpackung. Gemeint ist ein trügerischer Sommer, der neben den kalten Nächsten zwar warme Tage mit sich bringt, aber schon bald in trübes Herbstwetter umschlägt. So weiß es wissen.de.

17. September

Dass exakt drei Konditoreien, zwei Würstchenbuden und ein Döner-Imbiss auf dem Weg von zu Hause bis zur U-Bahn zu passieren sind, ist mir jahrelang nicht aufgefallen. Ich habe das erst registriert, als ich mal eine dreiwöchige Fastenkur gemacht habe, die mir nicht nur die detaillierten Lagepläne all dieser verlockenden Futterstellen ins Hirn gefräst, sondern auch deutlich erotisch gefärbte Träume von Sahnetörtchen, Käsebroten und dem unwiderstehlichen Duft von gebratenem Speck oder frischem Zwiebelaroma aus der Dönerbude beschert hat.

Dieser kleine Wahnsinn hat viel an Methode gewonnen. Wenn mich etwas intensiv in Gedanken beschäftigt, fange ich an, mich zu verhören und zu verlesen. Statt des roten Zettels auf leeren Schaufensterscheiben »Wir sind umgezogen« las ich plötzlich »Wir sind ungezogen«. Grund: Nachdenken über gutes und schlechtes Benehmen. Statt »Heute frischer Schweinebraten« auf der Reklametafel vor einem Supermarkt las ich »Heute frischer Schweinkram«. Grund: Nachdenken über DHL.

Doch neuerdings hat mein Gehirn offenbar den Autoaggressions-Modus angeworfen. Kaum schaue ich auf die Titelseiten der Tageszeitungen, springt mich der demografische Wandel an und droht, ich solle ein Teil davon werden. Ich schalte das Radio ein und gerate in einen fiesen Bericht über die desolate Lage der Rentenkassen, wahlweise Pflegenotstand, drohende Altersarmut oder katastrophale Zustände in Altersheimen. Kaum schaue ich die Nachrichten im Fernsehen, wird prompt über ein Gesetz zur Regelung der Sterbehilfe berichtet. Igitt! Unworte aus politischen Debatten wie Altenlast, Seniorenlawine oder gierige Rentner attackieren das Bild, das ich mir von meinem künftigen Ich zu machen versuche. Plötzlich guckt mich sogar das Wort »Frischhaltefolie« auf der Packung im Supermarktregal so hämisch an. Genau wie »Haltbarkeitsdatum« oder, Schockschwerenot, »Halbwertszeit«.

Das muss sich ändern. Ist ja furchtbar!

19. September

Dixit algorismi:

Forever young

Stopp! Die Umkehr des Alterungsprozesses. Erneuere deine Zellen. Eine russische Heilerin offenbart ihr energetisches Verjüngungsprogramm. Mit Übungs-CD …

Der Biophilia-Effekt

Die Kraft der weiblichen Fantasie

Anleitung zum Unglücklichsein
Grüne Smoothies
Achtung, Sie haben das Ende Ihrer Jugend erreicht
Ist es wahre Leidenschaft oder nur erhöhter Blutdruck?
Gute Gründe, das Alter nicht zu ernst zu nehmen

24. September

War heute beim Zahnarzt. Mein Zahnfleisch ist noch weiter zurückgewichen, sagt er. Noch sitzen alle Zähne fest, aber wenn sie anfangen zu wackeln, müssen wir da ran, sagt er. Schock! Ich muss ihm leidgetan haben, denn er wollte mich trösten: Bei guter Pflege kann das noch dauern. Die gute Nachricht sei, dass man in meinem Alter seltener Karies bekomme, bei guter Pflege, wie gesagt. Da fiel mir der alte Witz wieder ein: Kommt ein Skelett zum Zahnarzt. Sagt der Zahnarzt, die Zähne sind alle in Ordnung, aber das Zahnfleisch …

Bleib mal locker, redete ich mir gut zu. Noch sind sie alle drin, verteidigte ich mich vor dem Gespenst der zahnlos mümmelnden Alten, das plötzlich vor meinem inneren Auge erschien. Und wenn wirklich einer rausfällt, kann man ja heute so viel tun. Du musst künftig nicht getrennt von deinen Zähnen schlafen. Implantate sind eine feine Sache, man spürt nach einer Weile keinen Unterschied mehr, hat Christine neulich erzählt, bevor sie sich ausführlich der Schilderung der Qualen widmete, die diesem tollen Gefühl vorangehen. Es dauert drei bis vier

Tage, bis das Gesicht wieder abgeschwollen ist. Wenn man Pech hat, wird der ganze Kiefer blau. Zwischen dem Ziehen des alten Zahns und dem Einsetzen seines funkelnagelneuen Stellvertreters müssen ein paar Monate vergehen, damit der künstlich aufgebaute Kieferknochen anwachsen kann, in dem die Schraube für den Zahn steckt. Es hat mich geschüttelt bei diesem Frontbericht, und kurz habe ich überlegt, ob ich vielleicht lieber mein Problem zurück hätte, wenn das die Lösung sein soll. Christine ließ das nicht gelten: Es ist nicht so schlimm wie Kinderkriegen! Sei doch froh, dass die Zahnmedizin heute so weit ist. Stell dir mal vor, du müsstest als zahnloses altes Weib vor dich hinmümmeln …

25. September

Nachtrag. Wenn Lidstraffungen, Botoxspritzen, Facelifting und Fettabsaugen so selbstverständlich wären wie Zahnimplantate, würden wir das dann alle ohne den kleinsten Skrupel machen lassen?

27. September

An keinem Ort der Welt tropfen die Minuten so zäh dahin wie in der U-Bahn, dachte ich heute Mittag schlecht gelaunt, weil es in Strömen regnete und ich mein Fahrrad stehen lassen musste. Das Wetter wird auch immer schlimmer, der Winter steht praktisch vor der Tür. Ich wollte mir gerade ein bisschen leidtun in meiner trüben Bilanz dessen, was da alles von mir geht: der Sommer, die Zähne, die Kinder und wer weiß, wahrscheinlich auch die Energie, die Lebensfreude, die Kraft. Wie soll ich das nur aushalten? Gut zu altern bedeutet, seine Hinnahmefähigkeit zu steigern und sich an Verluste zu gewöhnen – das hat mir ein früherer Kommilitone gesagt, den ich auf einer Party zufällig wiedergetroffen habe. Er hat sein Studium vor Jahren an den Nagel gehängt, sich zum Krankenpfleger ausbilden lassen und arbeitet jetzt im Hospiz. Das fand ich mutig, und seine Gelassenheit hat mich beeindruckt. Alter ist eine Aufgabe, meinte er und zitierte Seneca: Niemand rettet sich schwimmend mit Gepäck.

Doch diese SMS jagte mir plötzlich tausend Volt durch den Körper: »Komm«, stand da, »leg dich auf meine Zunge.« Bin ich tatsächlich rot geworden, oder habe ich mir das nur eingebildet? Schnell ließ ich das Handy wieder in die Tasche gleiten, mein Blick wanderte ins Ungefähre, meine Fingerspitzen kribbelten. Nicht »Wo bleibst du denn schon wieder?« oder »Nun mach doch endlich mal voran!«, keine nörgelnde Mahnung, kein Vorwurf, sondern Begehren pur. Da spürte ich plötzlich: Es ist wieder da. Mein Leben ist zurückgekehrt, vielleicht nur auf Stippvisite, aber jetzt ist es da. Ich fühlte mich auf einmal so lebendig und frei. Mehr als alles andere vielleicht unterscheidet das den Mann fürs Leben vom Mann fürs Vergnügen. Es gibt keinen

Plan, kein Schema, nach dem sich das Geschehen voraussehbar und wie von selbst entwickelt. Keine stillschweigenden oder mühselig ausgehandelten Bedingungen, unter denen Nähe gewährt oder verweigert wird. Wir benehmen uns nicht wie Mutter und Vater, Bruder und Schwester, Gatte und Gattin, sondern wie zwei Verrückte, die aber trotzdem Herren der Lage bleiben. Zwei Erwachsene, die ein kompliziertes Leben haben und sich nur aus einem Grund zusammenfinden – um des beiderseitigen Vergnügens willen. »Hotel Esplanade. Zimmer 276« stand in der nächsten SMS, und da habe ich nicht lang gefackelt. Schon eine Viertelstunde später klopfte ich leise an die Tür des Hotelzimmers, hinter der er mich erwartete.

Während ich mich aufführe wie ein hormongepeitschter Teenager, würde meine Mutter diese erstaunliche Verwandlung wahrscheinlich so kommentieren: Er braucht nur mit dem Finger zu schnippen, und schon lässt du alles stehen und liegen.

Das klingt, als hätte er Macht über mich. Dabei ist es doch allein meine Sache, ihm diese Macht einzuräumen. Der Liebhaber als Lichtgestalt, der meiner Lust auf die Sprünge hilft und mir die Falten vieler Jahre glatt zieht? Dank dessen Zauberwort ich nun endlich all die Sensationen der Sinne empfinde, von denen in Frauenzeitschriften so oft die Rede ist? Nein: Schau an, das bin ich also auch noch! Das ist es, was mir mein aktuelles Siebzehn-Uhr-Porträt im Hotelzimmerspiegel zuflüstern will. Man könnte den Jungbrunnen auch als Hotelbett malen, Queen Size.

28. September

Vor ein paar Monaten war ich eine auswärtige Fachtagung samt verpasstem ICE, manchmal bin ich eine Partie Doppelkopf mit befreundeten Kollegen, hin und wieder ein Fortbildungsseminar. Und sehr oft bin ich so wie gestern ein überraschend anberaumter beruflicher Termin in der Hauptstadt. So etwas kommt vor und kann dauern; das weiß auch seine Frau.

Wer betrügen will, muss lügen, muss Geschäftsessen nach Büroschluss und Wochenendseminare über Kommunikationssysteme erfinden, Staus auf der Stadtautobahn und Glatteis im Hochsommer überzeugend erläutern und, was noch schlimmer ist, niemals darf er auch nur um Haaresbreite von seiner Legende abweichen. Zweifellos eine Gedächtnisleistung von enormem Ausmaß, aber auch ein schmaler, schwankender Steg von Lügen über einem brodelnden Abgrund von Betrug und Verrat. Ich muss das nicht, aber ich bin Nutznießerin eines Verhaltens, das ich eigentlich verurteilenswert finde.

Und doch – jede Gelegenheit, die der Meisterschwindler mit einer absurden Logistik herbeiführt, ist ein Fest. Jeder Moment ist kostbar, jeder Augenblick ein Glück. Carpe diem, pflück den Tag, und auch das barocke Gegenstück dazu, memento mori, bedenke, dass du sterblich bist – beides macht viel von dem enormen Tiefgang aus, den die erschwindelten gemeinsamen Stunden entwickeln. Gerade weil wir keine Zukunft miteinander zu planen und keine Vergangenheit miteinander zu klären haben, teilen wir nur diesen winzigen Ausschnitt der Gegenwart, das aber ganz und gar und sonderbar befreit: Mit allen Sinnen im Augenblick zu ankern, nicht zwischen den Mahlsteinen des Gestern und Morgen das Jetzt zu zerreiben, sondern mit Leib und Seele da zu sein, wo ich jetzt gerade bin, empfinde ich als ungeheuren, neu entdeckten Reichtum. So leicht und frei und verwegen den Moment zu genießen, den wir teilen – ich lebe so, als wäre es gleichzeitig das allererste und allerletzte Mal. Der Glanz unserer gemeinsamen Stunden strahlt weit in meinen Alltag hinein, taucht wie die Abendsonne stumpfgraue Feldsteine in gleißendes Licht. Nicht für immer, nur für jetzt.

Doch zwischen unseren Treffen reißt die Verbindung ja nicht ab. Verträumte Bilder, verstrapste Synapsen, verschworene Poren, die nur auf die nächste Gelegenheit warten, wieder das Kommando zu übernehmen. Und zwar ungestört von Alltagskram, Beziehungsarbeit, Kindergeschrei. Keine wirklichen Haare im Waschbecken, keine losen Zahnpastatubendeckel, keine achtlos hingeworfenen Socken stören traumhafte Erinnerungen an eine kühn ausgreifende Schulterpartie, einen immer noch anbetungswürdigen Knackarsch, ein schweißglänzendes Gesicht und geflüsterte Wonneworte, die noch Stunden später diese gewisse Restsüße bewahren.

Wahrscheinlich bin ich gar nicht verliebt, sondern versext. Irgendeine Art von Liebe ist es aber doch, wenn auch eine etwas schräge. Schön, wenn er Zeit hat. Schade, wenn nicht – aber kein Drama. Ich habe eigentlich keinen Grund, zu fürchten, dass ich eines schrecklichen Tages ohne ihn nicht mehr werde leben können.

Im Gegenteil: Es geht mir ja ganz gut zwischen unseren Dates. Und das Tränende Herz auf dem Balkon war ein Ausreißer. Jawohl.

30. September

Bei einem neuerlichen Anlauf, Ordnung im Bücherregal zu schaffen, bin ich an einem Gedichtband hängen geblieben, den ich noch nie gesehen hatte. Ich hatte keine Ahnung, wie dieses Buch den Weg in mein Regal gefunden hat! Erst an der Widmung sah ich, dass es sich wohl um das Geschenk einer Kollegin handelt, die ich schon länger aus den Augen verloren habe. Schande über mich! Luisa Francia: *Zaubergarn.* Ich schlug es auf und fand unter der Überschrift »Die notwendigen Fragen« diese wundervollen Zeilen:

Wer bestimmt über deine Zeit?
Über wessen Zeit bestimmst du?
Wer trägt dich?
Wen erträgst du?
Wer ernährt dich?
Wen ernährst du?
Wer lehrt dich?
Wen lehrst du?
Wer liebt dich?
Wen liebst du?
Wer tauscht sich aus mit dir?
Wer besitzt dich, besetzt dich?

Wen besitzt du, von wem bist du besessen?
Wer bestimmt über deine Gedanken?
In wessen Gedanken sitzt du?
Wem bist du etwas schuldig?
Wer ist dir etwas schuldig geblieben?
Wer geht dir durch den Kopf?
Wer geht dir unter die Haut?
Was treibt dich und jagt dich?
Was plagt dich?
Wer ist dir eine Last?
Jetzt weißt du, was du hast.

1. Oktober

Unser jährliches Familienfest steht heute an, und es kommt mir vor wie eine Reise in die Vergangenheit. Wir haben damit angefangen, als wir alle in etwa um unseren dreißigsten Geburtstag herumlungerten – meine Geschwister, Vettern und Cousinen, Schwager und Schwägerinnen waren auch schon mit von der Partie, und die ersten Babys wurden bestaunt. Und schön war's, damals, als wir damit haderten, dreißig zu werden oder gerade geworden zu sein, was mir heute wie die Probleme einer Krabbelgruppe vorkommt.

Wir haben das Fest bis heute jedes Jahr durchgezogen: Wir treffen uns in unserem alten Heimatort auf einem Festplatz im Wald, machen ein großes Feuer, braten erst Kartoffeln, dann Würstchen, trinken sehr viel Bier dazu und bereden das Leben oder das, was es im vergangenen Jahr mit uns gemacht hat. Großartig! Wir wollten kein richtiges Familienfest, denn die wirklich schlimmen Familientreffen sind die kleinen, wo man Platzangst kriegt, wo Eltern an endlosen Weihnachtsfeiertagen an erwachsenen Kindern herumnörgeln, wo neue Schwiegersöhne gesellschaftliche Unterschiede heraufbeschwören oder wo ein entfernter, deprimierter Verwandter einer kleinen Familie einen Pflichtbesuch abstattet. Wir wollten stattdessen ein ganz großes Familienfest. Jedes Kind hat ein Recht auf eine Tante, die nach Pipi riecht und wie ein Nazi schwadroniert! Es soll miterleben, wie uralte Fehden neu aufflammen, in denen ein gestohlener Füllfederhalter, eine verschwundene Teakholzkommode oder ein böses Wort zur falschen Zeit eine Rolle spielt. Treffen mehrere Generationen aufeinander, gibt es keinen besseren Geschichtsunterricht. Ein paar Jahre lang war jedes Mal ein dicker Bauch oder neues Baby dabei, und kurz vor unser aller Vierzigstem war die ganze Mischpoke samt Onkel und Tanten, Omas und Opas auf knapp dreißig Menschen angewachsen.

Es gehört zu den erfreulichen Nebenwirkungen einer Familienversammlung, dass die Hackordnung der Außenwelt nichts mehr zählt, sobald die Sippschaft ihre Zugbrücke hochgezogen hat. (Er ist der Professor, ich bin ein Niemand.) Für Onkel und Tanten bin ich, was ich früher war: das Lottchen. Die Nichte, der man früher mal die Windeln gewechselt oder das Fluchen verboten hat oder bei der man genötigt wurde, ihre Fortschritte im Schriftspracherwerb, Klavierspiel oder auf dem Schulzeugnis zu würdigen. Aber eben ich und nicht das, was ich andernorts vielleicht darstellen muss.

Vettern und Cousinen lassen sich auch nicht beeindrucken. Sie wissen zu viel über Missgeschicke, Geheimnisse oder den ersten Liebeskummer und pubertäre Akne. Es war doch auch erst gestern, dass wir nicht müde wurden, uns als junge Frauen gegenseitig über die genauen Schilderungen der aufregenden Vorgänge unterm XXL-T-Shirt zu informieren und ein Jahr später bei der Schilderung blutiger Unterleibsdramen anlässlich der zu absolvierenden Geburten übertrumpft haben.

Deshalb habe ich auch keine Hemmungen gehabt, direkt in die Runde am Feuer zu stürmen, wo die Frauen zusammenstanden, und nach einem Tampon zu fragen, der aus heiterem Himmel nötig wurde. Bitte, ich hatte das Datum vergessen und deshalb keine Vorsorge für diesen Fall getroffen! Die Frau meines Cousins, meine Schwägerin, drei Cousinen und meine Schwester starrten mich an. »Was?«, schrie Hilde. »Du hast das noch? Gib's mir!« Karin schüttelte den Kopf. »Willst du uns verarschen?« Sabine schnaufte und winkte müde ab. »Toller Witz. Lass mal gut sein.« Ich habe nur Bahnhof verstanden. Doch als dann die Klagen kamen, wurde mir klar, dass ich mal wieder mitten im Fettnäpfchen gelandet war. Hilde sagte, dass sie jede Nacht mindestens einmal vor der geöffneten Kühlschranktür stehen müsse, um Luft zu kriegen. Die anderen nickten ergeben. »Ist bei mir auch so, ich schwitze wie blöde«, murmelte Karin. »Außerdem muss ich dauernd weinen. Schon wenn ein Spatz auf dem Zaun mich irgendwie süß anguckt.« Monika fragte in die Runde: »Habt ihr eigentlich auch schon diese Leopardenflecken?« Alle zeigten ihre Hände vor. »Ich geh ohne Pinzette gar nicht mehr aus dem Haus!«, rief Karin empört. »Diese Borsten am Kinn wachsen wie verrückt. Man kommt gar nicht hinterher!« Beifälliges Nicken. Hilde trumpfte auf: »Meine Haare fallen aus, und die, die bleiben, werden immer dünner! Und von den Zähnen wollt ihr gar nichts wissen!« Andrea sagte: »Nee, das wissen wir selber!« Da hätte ich jetzt mithalten können, aber Karin musterte mich mit strengem Blick. »Du lügst, oder? Immerhin bist du die Älteste von uns.«

Sie haben mir nicht geglaubt! Das ist doch verrückt: Zwölf- und dreizehnjährige Mädchen reden darüber, welche schon blutet und welche noch nicht. Getuschelt wird auch darüber, wer schon Sex hat – und wer noch, darum geht's vierzig Jahre später. Und auch darum: Hitzewellen werden beschrieben, Schwitzattacken dramatisch ausgeschmückt, Stimmungsschwankungen wie Achterbahnfahrten geschildert. Entre nous wird kräftig lamentiert. Über immer mehr Haare, die an den unmöglichsten Stellen wachsen, und einst hervorragende Körperteile, die jetzt der Schwerkraft zum

Opfer fallen. Da könnte ich prima mitreden, aber sie ließen mich nicht. Also trottete ich gesenkten Hauptes zu meinen Nichten und fragte nach einem Tampon. Klar, hier, sagte Anna-Sophie, ohne zu lachen, und reichte mir ein kleines geblümtes Etui.

2. Oktober

Das Fest von gestern geht mir nach. Ich fühle mich so verloren zwischen nicht mehr und noch nicht und schon wieder ausgeschlossen. Offenbaren die körperlichen Veränderungen an der Schwelle zum Altwerden nicht eine innige Verwandtschaft mit dem anderen ungemütlichen Zustand vor vielen Jahren? Die Verwandlung, die alle gleich, aber nicht gleichzeitig traf und immer dafür herhielt, eine Hierarchie zu begründen. Schonungslos, unerbittlich und längst nicht erledigt. Ein paar Jahre lang war man einem Körper ausgeliefert, der machte, was er wollte. Der sich rätselhaft nach seinem eigenen Plan formte und färbte, seltsam anfühlte, mit extremen Zuständen aufwartete und unklare Befindlichkeiten hervorbrachte. Zwischen Leib und Seele tat sich eine Lücke auf, und während der Körper wuchs, wie er wollte, brach der schützende Panzer, ohne dass schon ein neuer nachgewachsen wäre – empfindliche Momente, in denen das Schielen auf die anderen wenigstens ein bisschen Halt verspricht. Oder eben den Halt versagt: Wieso denke ich, dass ich schon wieder nicht habe, was alle anderen in meinem Alter längst haben? Damals war ich die letzte BH-Trägerin in meiner Klasse und habe den Rückstand aufzuholen versucht, indem ich mir einen BH angezogen und mit Taschentüchern ausgestopft habe, um wenigstens äußerlich dazuzugehören. Innen war ich noch ein Kind, das den Nachmittag damit verbrachte, im Schwimmbad vom Dreier zu springen. Den peinlichen Moment werde ich nie vergessen: Ich hatte mein Bikini-Oberteil mit Taschentüchern ausgestopft und sprang vom Dreier. Als ich wieder auftauchte, war ich flach wie ein Brett und fünf Taschentücher schwammen um mich herum. Meine beiden Cousins und ihre Freunde, mit denen ich um den Pokal des tollsten Kopfsprungs wetteiferte, haben sich schlappgelacht. Furchtbar. Danach war ich nie wieder mit den Jungs im Schwimmbad.

Sollte ich mir jetzt ein paar taugliche Informationen über Wechseljahresbeschwerden anlesen, vorauseilend künftige Mutationen ergrübeln oder gar fiese Lachnummern wie Doris Dörries Sechsteiler *Klimawechsel* über die Menopause noch einmal anschauen, nur um mitreden zu können? Schon wieder ein charmeloser Tabubruch im Cineastischen und angeblich doch mit so viel Witz verabreicht.

Option eins: Ich werde immer dicker und schwitze nachts das Bett durch.

Option zwei: Ich fühle mich nicht mehr begehrenswert und stürze mich in katastrophale Affären.

Option drei: Ich habe Angst vor ausbleibenden Männerblicken, fürchte nicht pfeifende Bauarbeiter, leide unter Panikattacken und Depressionen.

Option vier: Ich halte meine Vierfachbelastung als überflüssige Mutter, alt gewordene Tochter, Restfrau und praktizierende Schreiberin einfach nicht mehr durch.

Denke über Gegenmittel nach: Putzwahn, Cabrio-Kauf, teure Augencreme, Diät, Reizwäsche, Pilates oder Hormon-Yoga. Weiterungen wie Schamhaar-Färben und Schamlippenkorrektur oder operative Vaginalstraffung inbegriffen.

Nee, ne?!

3. Oktober

Ich kann es gar nicht richtig machen, denn ich bin der geborene Fehler. Frauen sind so. Wir sind immer zu dünn oder zu dick, zu aufgedonnert oder zu nachlässig, zu leise oder zu laut. Wir treffen nicht die Mitte, wo immer die liegen mag, und das von Anfang an. Frauen genügen nie, und was sie anhaben, das ist immer zu kurz, zu lang, zu billig, zu teuer, zu eng, zu rot, zu schwarz, zu feminin, zu maskulin, zu schlampig – und immer ein Thema, ein waberndes Thema, das längst zum Referenzpunkt geworden ist. Wir zeigen mit Fingern aufeinander, vergleichen, lästern, übertreiben und liefern uns dem Spott aus. Wir machen uns lustig über uns, wenn wir in die Wechseljahre kommen. Auftritt: Tabubrecherpose revisited. Doris Dörrie ist oft sehr viel besser als Andreas Dresen – diesmal nicht. Man muss doch mal über sich lachen können, oder? Muss und muss. Schon im Vorspann von *Klimawechsel* werden Naturkatastrophen bemüht, um Wechseljahre in die richtige Liga zu rücken. Polschmelze, Hurrikans, Tornados und Flugwellen sind Reaktionen auf die Erderwärmung. Hitzewellen, Stimmungsschwankungen, Depressionen und bekloppte Ausweichmanöver wie Hormon-Yoga werden zu Must-haves geadelt. Genau genommen muss man sich über die Erderwärmung nicht wundern: Weltweit stecken 500 Millionen Frauen mitten in den Wechseljahren, das hinterlässt klimatische Spuren. Es sind die Hitzewallungen der Babyboomer-Generation, die die Polkappen schmelzen lassen! Die meisten Betroffenen früherer Generationen, die M&Ms (Muttis in der Menopause) litten still, und oft ahnten sie nicht einmal, dass sie kein Ausnahmeschicksal erlitten, sondern nur die ganz gemeine Regel der biologischen Uhr, so heißt es dummdreist im Pressetext. Wie kann denn das sein? Als hätte man das Recht, etwas einzuklagen vor einem Gericht, das es nicht gibt. Jammern, klagen? Welcher Anspruch auf kommode Vollkommenheit liegt da zugrunde? Und gegen wen richtet sich die Klage überhaupt? Diese kollektive Erfahrung wuchtete das ZDF vor fünf Jahren so mutig ins Hauptprogramm! Und das schon wieder unter dem Etikett Tabubruch!

Leiden ist nur der Protest gegen die Realität.

12. Oktober

»Was machste jetzt eigentlich mit meinem Zimmer?«, stand in der SMS, die Charlotte mir geschickt hat, wenige Stunden nachdem sie in den quietschgelben ADAC-Postbus gestiegen ist, der sie nach Hamburg bringen wird, wo sie in ein Flugzeug steigen wird, das nach vielen Stunden am anderen Ende der Welt landen wird. Nächstes Jahr kommt sie zurück, sagt sie, und dann will sie studieren. So viel Anfang war nie, habe ich etwas wehmütig gedacht und mich an meinen Aufbruch ins eigene Leben erinnert, der mir heute weniger glamourös scheint, weil er nur in die große Stadt, nicht aber gleich in die ganz große Welt geführt hat. Das wilde Leben in Berlin erschien mir damals wie eine Schatzkiste, die nur darauf wartet, von mir gefunden und ausgepackt zu werden. Ich fühlte mich stark, unabhängig und völlig erwachsen, genau wie Charlotte. Aber warum sehe ich dann plötzlich in ihr mein kleines Mädchen mit Reisepass und viel zu großem Riesenrucksack?

Ihr Zimmer? Ach, Kind. Gute Frage, nächste Frage. Die Wahrheit ist: Ich habe keine Ahnung. Aber weil ich das nicht zugeben wollte, schrieb ich leichthin zurück: »Mal sehen. Eilt ja nicht!«

Ein Leben ohne Kinder rückt immer näher, und auch der dritte Abschied schüttelt mich genau wie die beiden vorher völlig durch. Ein paar Tage werde ich jetzt durchhängen, darauf habe ich mich schon gefasst gemacht. Sogar ein insgeheim herbeigesehnter oder gefürchteter, am Ende tränenloser und rundum vernünftiger Abschied, egal ob kalt erwischt oder lange vorbereitet, kann Mütter völlig am Boden zerstören. Kein Wunder, dass ich mich so ertappt fühle, als diese SMS punktgenau inmitten meiner lähmenden Unentschlossenheit landet. Wir haben tatsächlich nicht darüber gesprochen, was in diesem einen Jahr mit ihrem Zimmer passiert! Stillschweigend sind wir wohl beide davon ausgegangen, dass ich es einfach frei halte für den Tag, an dem sie zurückkommt. Der erste Auszug beendete die Platznot – der kleine Bruder zog frohgemut aus dem Zimmer, das er mit seiner Schwester teilte, ins Zimmer des großen, sodass ich mich gar nicht weiter umgewöhnen musste. Der zweite Auszug bescherte mir ein eigenes Schlafzimmer, aber der dritte reißt jetzt eine Lücke in die Familienwohnung: Zimmer frei!

Die Geister, die ich rief – jetzt bin ich sie bald los. Zwei Kinder weg, das dritte auf dem Sprung, und wenn in anderthalb Jahren Leander das Abi in der Tasche hat, werden alle Abschiede und Auszüge geschafft sein. Ruhig, Brauner. Weil Mütter ihre Kinder nie verlassen würden, müssen die Kinder eines Tages die Mütter verlassen. Das ist auch der tiefere Sinn der Pubertät: Wenn Kinder immer so süß bleiben würden, könnte man sie nie loslassen. So konnte ich mir noch jedes unflätige Verhalten schönreden und als ganz natürlichen Vorgang erklären, gegen den zu kämpfen oder den ausführlich zu beweinen nur eine Verschlimmerung bedeuten würde. Offenbar ist es mir nun mit dem Auszug des dritten Kindes wirklich gelungen, mich in drei von vier Fällen erfolgreich überflüssig zu machen. Courage, Mutter! Jetzt wird auf den letzten Metern zur Hundertprozentmarke doch nicht geschwächelt!

Komisch nur, dass ein Wunsch, der in Erfüllung geht, verschwindet. Jahrelang habe ich mir Zeit für mich allein gewünscht, etwas Ruhe herbeigesehnt, Ordnung und genug Platz, um vier Streithähne in ihre vier Zimmer schicken und mich in ein fünftes, ruhiges zurückziehen zu können. Zeit, Ruhe, Ordnung und Platz. Jetzt habe ich das alles im Überfluss und wünsche mir genau das Gegenteil. Hans im Schnakenloch: Was ich hab, das will ich nicht, und was ich will, das hab ich nicht.

Was mache ich eigentlich mit den sich nach und nach leerenden Kinderzimmern? Gästezimmer? Gedenkstätten einrichten? »Dein Zimmer« konservieren und für jedes Kind einen lebenslangen Liegeplatz im sicheren Hafen frei halten, falls etwas schiefgeht mit dem selbstständigen Leben und jemand zurückkommen will? Und wenn gar alle vier wieder auf der Matte stünden, würden wir dann eine sifftolerante Wohngemeinschaft mit Putzplan, Kochliste und Haushaltskasse gründen?

»Träum weiter!«, haben sie wie aus einem Mund gerufen, als ich vor ein paar Monaten, natürlich nur so zum Spaß, gefragt habe. Beim Sonntagsessen, zu dem ich alle vier verdonnert habe, weil ich wenigstens einmal in der Woche alle zusammen am Küchentisch haben will, versuchte ich, vorsichtig das neue Terrain zu erkunden und zu klären, wem das Zimmer jetzt eigentlich gehört (mir natürlich!), wie frei ich eigentlich bin, damit zu tun, was ich will. »Könnte es sein, dass vielleicht der eine oder andere Wert darauf legt, ein warmes Bettchen zu Hause behalten zu wollen?« Aber war wohl nichts.

14. Oktober

Das Interesse der großen Kinder an ihren Kinderzimmern gleicht dem frisch geschlüpfter Vögelchen an ihren zerborstenen Eierschalen. Wenn mich nicht alles täuscht, habe ich zu meiner Mutter dasselbe gesagt, kurz bevor ich in einen klapprigen VW-Bus stieg, um in mein eigenes Leben aufzubrechen und vorsätzlich mein altes Kinderzimmer nie wieder zu bewohnen. Danach hat sie drei Monate nichts von mir gehört – so lange hat es nämlich gedauert, bis ich einen Telefonanschluss in meiner neuen Wohnung hatte. Auf die Idee, ihr eine Postkarte zu schreiben, die sie über meine glückliche Ankunft in Berlin informiert, bin ich schlicht nicht gekommen. Heute weiß ich, dass ihr der Ärger prima dabei geholfen hat, die Sorgen und Ängste zu beschwichtigen, sich zu sammeln und ihre Tochter auch innerlich in ihr eigenes Leben zu verabschieden.

Ich dagegen werde immer noch fast ein bisschen hysterisch, wenn meine Kinder sonstwo unterwegs sind und von ihren jeweiligen Zielorten Stunden nach der mutmaßlichen Ankunft immer noch keine SMS ankommt, Skype aufploppt oder wenigstens bei Facebook ein Lebenszeichen gepostet ist. Nestflucht geht heute anders als früher vonstatten. Ausgezogen wird noch immer analog, aber dank der digitalen Zaubermedien bleiben wir zusammen. Trennung light statt Abschiedsleid: Brettspiele im Kreise meiner Lieben sind vorbei, aber heute bombardieren wir uns per Smartphone mit Quiz-Duell, wenn einer in der U-Bahn sitzt und Langeweile hat. Kam früher Elise auf einen Schwatz in der Küche vorbei, meldet sie heute per Skype Gesprächsbedarf an. Aus Texas, aus Indien, aus Neukölln! Wie schön, dich zu sehen, mein Schatz! Geht's dir gut?

Stolpersteine beim Selbstständigwerden hätten wir früher experimentell gelöst und ungefragt ratschlagende Mütter selbstbewusst abgewimmelt. Heute dagegen beantworte ich Fragen wie die, wie man den Stromanbieter wechselt, sich gegen eine Mieterhöhung wehrt, Rotweinflecken aus T-Shirts rauskriegt und wie lange man Bohnen vorm Kochen einweichen muss, mit dem linken Daumen in maximal hundertvierzig Zeichen per SMS, jederzeit. Meine Mutter hat mich früher mit Zeitungsausschnitten genervt, die sie mir gesammelt schickte. Dass der Ingenieursberuf fulminante Chancen für Frauen böte, dass es wichtig sei, in jungen Jahren eine Zahnersatzversicherung abzuschließen und dass meine heimische Volleyballmannschaft wieder gewonnen habe, interessierte mich kein Stück. Elise schicke ich Youtube-Links, und sie freut sich darüber, sagt sie jedenfalls, und kommentiert eifrig. Dank der modernen Zaubermedien bleiben wir zusammen, während wir uns trennen. Und simsen, skypen, mailen täglich, seit sie ausgezogen ist. Mal erfahre ich: »Geh noch in ’ne Bar. Hdl«, mal mahne ich: »Pass gut auf dich auf. Kuss.«

Hin und wieder nuscheln wir etwas von Funklöchern und leeren Akkus, um dem sanften Terror der immerwährenden Erreichbarkeit ein paar kostbare Momente lang zu entgehen – und zwar beiderseits. Aber jetzt ist Charlotte unterwegs, und deshalb nehme ich das Handy sogar mit ins Bett. Weit nach Mitternacht, die Erlösung: »Jo, Mama, bin in Bangkok gelandet. Heiss hier und stinkt«, whatsappt sie mir. Erste Etappe geschafft, ich geh schlafen. Im Wegdösen geht mir die Frage durch den Kopf, wie die Mamas von Christoph Columbus, Marco Polo, Humboldt oder Elly Beinhorn sich wohl gefühlt haben mögen, als ihr kleiner Sonnenschein in die Welt aufbrach und Monate nichts von sich hören lassen konnte, weil’s noch kein Smartphone und kein Skype gab. Zu einer Zeit, als sich Geduld und Zuversicht sinnvoll mit dem Verb »üben« verbinden ließen.

16. Oktober

Ihr Zimmer rühre ich nicht an. Seit Charlotte da nicht mehr wohnt, gehe ich nur mit geschlossenen Augen an ihrer Tür vorbei. Die bleibt sicherheitshalber noch zu, weil ich nicht traurig werden will. Die Wand, pretty in Pink gestrichen, mit den weißen Blütenranken um die Fenster. Das Prinzessinnenbett, das sie mir vor Jahren abgetrotzt hat. Zwei Regalmeter alte Schulbücher, Schmachtschinken und Reiseführer. Der Puppenschrank, zum Schminktisch umfunktioniert. Der überquellende Kleiderschrank, der leer geräumte Schreibtisch. Abgelegte, zurückgelassene Dinge, die sie jetzt nicht mehr braucht, weil sie weitergezogen ist. Ich fürchte die Kumpanei, die die Gegenstände ausdünsten und mir andienen.

19. Oktober

Bei Elises Auszug hat es drei Wochen gedauert, bevor ich mich in ihr Zimmer traute. Wie im Märchen vom Ritter Blaubart hatte ich Angst vor dem Anblick, der mich hinter der geschlossenen Tür erwarten würde. An den schönen, orange gestrichenen Wänden mit den roten Kullern, die sie vor Jahren gemalt hat, wird kein einziges Poster mehr hängen. Vielleicht klebt noch der Fächer aus verblassten, eselsohrigen Tickets längst verklungener Pop-Konzerte an der Wand, da, wo ihr Schreibtisch stand.

Den Schrank wollte sie dalassen, weil er ihr nicht mehr gefiel, genau wie ein paar andere Habseligkeiten, für die sie momentan keine Verwendung hatte. Die Zuckertütensammlung, Pferdebücher stapelweise, hundert müde geliebte Kuscheltiere … Ich wollte mir den Anblick ersparen. »Meine neue Wohnung hat nämlich keinen Keller, und du hast doch bestimmt nichts dagegen, wenn ich hier noch ein paar Kisten stehen habe?«

»Ich doch nicht!«, habe ich gesagt und einmal mehr gehofft, dass sie meinen ironischen Unterton bemerkt, versteht und richtig deutet.

Hat sie aber nicht.

Und so steht die große Kiste mit buntem Papier, Klebstoff, Perlen, Fäden und Schere immer noch im Regal. Soll ich jetzt eine dreiundzwanzigjährige Studentin mit der Frage belämmern, ob sie ihr Bastelzeug noch braucht, oder schnell entschlossen zur Mama 2.0 muttieren und den Mist einfach wegwerfen? Ich bin ratlos.

20. Oktober

Ich hör mich mal um – und zwar analog bei anderen Müttern. Gabi kichert etwas Altmodisches von dem attraktiven möblierten Herrn, den sie sich zuzulegen gedenkt, sobald ihr Mäxchen ausgezogen sein wird. Susanne hat allen Familienballast abgeworfen, sagt sie, sich mit der Scheidung und dem Auszug der Kinder endlich freigeschwommen und ist im Begriff, eine schicke Penthousewohnung mit zweieinhalb Zimmern für sich allein zu beziehen. Monika plant, sich fürs Erste neu zu verlieben, wenn ihr Junge in Amerika studieren geht.

Bei Elternpaaren ausgezogener Kinder gestaltet sich die räumliche Herausforderung, die Leerstelle mit neuem Leben zu füllen, nicht weniger heikel. »Mütter lassen gerne alles so wie's ist und stellen Gläser mit Sand und getrockneten Hortensien in das verwaiste Kinderzimmer, das dann zu ihrem Rückzugsort wird«, erfahre ich von Ulla. Sie hat auch von Vätern gehört, die flugs den Billard-Tisch oder den Kicker ins leere Kinderzimmer gestellt haben. Dann erzählte sie von ihren eigenen jüngeren Geschwistern, die damals im Elternhaus jedes leer werdende Zimmer einfach besetzten und bewohnten. »Wir nannten sie die Kammerjäger.«

Bündig fasste sie zusammen: Die erste Frage ist, wem gehört das Zimmer, Mutter oder Vater? Der Konflikt ist da, wenn das Kind zurückkommen will – oder muss. »Nach einer Party, einfach zum Ausruhen, weil's krank ist oder nach einer gescheiterten Beziehung«, sagte Ulla, »und wenn es dann wieder in sein altes Zimmer will.« Hm, vielleicht ist das genau das Problem. Wenn die Leerstelle gefüllt ist, gibt's keinen Platz mehr für das über alles geliebte Kind, dem wir bislang den größten Platz in unserem Leben eingeräumt haben. Wer in einem eigenen Haus aufgewachsen ist, hat's vielleicht besser, weil er jederzeit in sein altes Kinderzimmer zurückkehren könnte. Große Mietwohnungen zu halten, in denen man alleine herumgeistert und es einfach nicht schafft, sich von den Dielen zu verabschieden, auf denen die Kinder laufen gelernt haben – ein prekäres Modell.

Hin- und hergerissen zwischen Veränderungs- und

Beharrungskräften steht das leere Kinderzimmer als Chiffre für den Stand der Auseinandersetzung mit der Realität. So wird die Leerstelle zur Lehrstelle. Die gemeinsame Familienzeit unter einem Dach mit überquellenden Kinderzimmern ist vorbei. Soll ich also weiter meine Kräfte im inneren Widerstand gegen das Unabänderliche verschleißen oder hinnehmen, was nicht zu ändern ist, und den Rest der Wirklichkeit nach meinen Wünschen gestalten? Wäre natürlich auch eine Idee.

24. Oktober

Heute habe ich's gewagt. Langsam öffnete ich die Tür und betrat einen zurückgelassenen Raum. Lüften könnte ich mal, putzen vielleicht auch. Dann würde das ein schönes Zimmer für einen Sprachschüler, einen Berlintouristen oder ein Kind meiner Freundinnen abgeben, das eine Übergangswohnmöglichkeit braucht.

Ich schickte eine vorsichtig fragende SMS an Charlotte. Sie lachte mich schriftlich aus und schrieb, ich soll mit dem Zimmer machen, was ich will. Wäre doch sowieso meins, und außerdem gehe sie übermorgen für zwei Wochen in ein buddhistisches Kloster. Sie vermisse ihr Zimmer kein Stück, schrieb sie, und könne sich schon jetzt kaum noch daran erinnern. »Du bist eine Woche lang da nicht reingegangen? Wovor hast du eigentlich Angst?«

Das habe ich vergessen, aber wenn die Kinder imstande sind, den Abschied großmütig hinzunehmen und nach vorne zu schauen, anstatt wie Frau Lot beim Blick zurück zur Salzsäule zu erstarren, dann kann ich das auch.

24. Oktober

»Das Schlimmste an einer Gleitsichtbrille ist, dass es lange dauert, bis die Treppenstufen nicht mehr wackeln.« Diese Bemerkung meiner Mutter an ihrem sechzigsten Geburtstag ging mir heute durch den Kopf, als ich die Treppe hinunterging. Das Allerschlimmste aber ist: Die Stufen wackeln auch ohne Brille. Hui, jetzt wird's ernst. Zehn Jahre ist es her, dass ich unter vierstimmigem Gejohle der Kinderschar in meinem Auto behauptete, ausnahmsweise Cola light von der Tankstelle mitgebracht zu haben. Es war aber Cola lime.

Wenn das so weitergeht, muss ich zum Optiker. Hilft ja nichts.

25. Oktober

Man lebt nur einmal, aber man hat fünf Küchen. Die erste ist die von Mama und Papa, da hat man nicht viel zu bestimmen. Die zweite ist eine Kochplatte im Studentenwohnheim. Die dritte ist die aus Sperrmüllresten zusammengesetzte in der Wohngemeinschaft, ob selbst bestückt, selbst gekauft oder mitgemietet. Die tut's durchaus. Die vierte ist die von Ikea. Die Kinder sind klein, das Leben ist teuer, man muss sparen, wo man kann. Also bei der Küche. Und oft ist sie auch noch schlecht durchdacht, zu lange Wege, zu scharfe Kanten, zu schwaches Licht. Das merkt man aber erst, wenn man drin rumläuft und kocht und abwäscht, während man die Fertigstellung der Hausaufgaben am Küchentisch überwacht. Nun ja, man arrangiert sich.

Nach fünfundzwanzig Jahren ist die Küche durch. Man hat in ihr die Kinder großgefüttert, gut und schön. Das sieht man ihr aber auch an, sie ist durch.

Ring frei für eine fünfte Küche! Ich könnte verschenken, was noch etwas taugt, und den Rest entsorgen, ein letztes Mal von vorn beginnen, bevor ich eines Tages am Tisch des Herrn Platz nehmen darf. Reduziert und edel soll die fünfte Küche sein, nur für mich und für Freunde. Vielleicht könnte ich auch DHL von hier aus mal direkt in mein Bett kochen? Nicht schon wieder. Hör auf damit!

Brauche ich noch jemals all diese Töpfe, Pfannen und Terrinen oder Besteck und Geschirr für vierundzwanzig? Weg damit, das schafft Platz. Und wenn meine Jungs mit ihren Frauen, meine Mädchen mit ihren Männern und alle zusammen mit meinen Enkeln kommen? Dann bestelle ich den Caterer, fürs Geschirr und fürs Essen! Und bin ganz für die Kinder und ihre Kinder da, nicht für die Küche. Bis dahin koche ich einfach drauflos und lasse mich treiben, nach Gusto.

Endlich wieder kochen, was ich selbst will, nicht, was die Kinder wollen.

27. Oktober

Warum reagieren manche Frauen panisch, wenn sie die ersten feinen Linien um die Augen herum entdecken, und andere sind davon völlig unbeeindruckt? Sie scheinen von ihren tiefen Krähenfüßen noch nicht einmal Notiz zu nehmen. Das Hadern mit den Defiziten beim Älterwerden ist vielleicht nur der gekränkte Narzissmus eines ohnehin lebenslang wackligen Selbstwertgefühls, das meistens geschickt kaschiert wird, aber im Grunde durch Abwesenheit glänzt. Doch wir alle verwandeln uns sehenden Auges in unsere Mütter, das ist es, was die Falten und Flecken im Spiegelbild flüstern.

Ich bin jetzt so alt, wie meine Mutter war, als ich auszog. Sie wirkte damals so alt auf mich, jetzt ist sie alt – und ich werde wie sie. Der Gedanke gefällt mir nicht, aber er nistet beharrlich in meinem Kopf, umgeht alle Sperren, findet alle Schlupflöcher ins Bewusstsein. Welche Frau will schon wie ihre Mutter werden? Der böse Rat für heiratswillige junge Männer, die Mutter anzuschauen, bevor sie sich für die Töchter entscheiden, weht aus einem anderen Jahrhundert herüber. Plötzlich hat er eine ganz neue Wucht bekommen.

Aber ich bin doch ganz anders! Das Bild von meiner Mutter vor dreißig Jahren hat viele Facetten – aber ihr Desinteresse an kosmetischen Verschönerungen, ihre Kapitulation vor dem Alter und seinen Zumutungen, ihre Verachtung für den erotisch-sinnlichen Komplex kommen mir in den Sinn. Mütter sind Vorbilder für ihre Töchter, ihre biologische und emotionale Landkarte, der Schiedsrichter für all ihre Beziehungen. Sie haben uns neun Monate mit sich getragen, wir tragen sie ein Leben lang mit uns herum. Von der Knochenstruktur über die Hautfarbe bis hin zu bestimmten Angewohnheiten sind wir genetisch darauf programmiert, unserer biologischen Mutter ähnlicher zu sein als irgendjemandem sonst. Von Natur aus folgt unser eigener Alterungsprozess ihrem mehr als irgendjemandem sonst. Diese natürliche Verbindung mit all ihrem machtvollen Potenzial an Identifikation und Opposition zu verkennen oder zu ignorieren – führt die vielleicht dazu, ihre Haltungen zu übernehmen und ihre Erfahrungen zu wiederholen? Wenn ich an meine Kindheit denke und versuche mich zu erinnern, was ich in ihren Augen gesehen habe, wenn sie mich anschaute, erkenne ich Splitter davon wieder in dem Blick, mit dem ich mich heute manchmal selbst sehe. Begeisterung eher selten. Stolz, na ja. Enttäuschung häufig. Eifersucht hin und wieder. Wie hat sich eigentlich meine Mutter selbst gesehen? Hat mein Vater sie und sie ihn mit Vergnügen betrachtet?

Sie hat zur großen Betrübnis meines Vaters kurz nach ihrem vierzigsten Geburtstag ihre langen Haare, die sie in einer Hochsteckfrisur trug, abschneiden lassen. Von da an trug sie den praktischen Kurzhaarschnitt in Grau, genau den, den ich heute fürchte wie der Teufel das Weihwasser.

Wie viel von meinem Alterslamento hat mit dem Bild meiner Mutter zu tun? Sie ist mein Bild vom Altern, einen eigenen Entwurf habe ich noch gar nicht parat. Während unsere Generation viel mehr Möglichkeiten hat als ihre und die Stationen der Lebensreise viel freier bestimmen kann als ihre Generation, sind die Muttervorbilder, mit denen wir aufgewachsen sind, immer noch in unserem Kopf verankert und prägen unsere Wahrnehmung. Auch wenn unsere Mütter in anderen Zeiten gelebt haben, haben wir ihre Angst und auch die Kapitulation oder den Kampf mit dem Alter absorbiert. Sie sind auf uns übergegangen, sodass wir dazu neigen, ihre Erfahrungen zu wiederholen, ihre Angst zu fühlen und zu reagieren, wie sie reagierten.

Wie erreicht man Kontrolle über die Stimmen, die einen einst kontrolliert haben? Wie können wir unseren Sinn für Attraktivität verändern und die Definition von Schönheit neu fassen, während wir altern? Auch meine Töchter sehen an mir, wie die Zeit verstreicht. Hätte ich mit dieser Perspektive nicht auch die Möglichkeit, Einfluss auf die Erfahrungen meiner Töchter zu nehmen – darauf, wie sie sich selbst sehen, jetzt und wenn sie älter werden? Das muss Charlotte gemeint haben, als sie davon sprach, dass sie von mir erfahren wollte, wie es sich anfühlt, älter zu sein. Ich würde meinen Töchtern gerne helfen, ihren eigenen Veränderungen im Aussehen verständnisvoller zu begegnen, als ich das kann. Je besser ich das könnte, desto mehr davon könnte ich vermitteln. Ab sofort muss ich damit aufhören, vor ihnen übers Altwerden zu jammern und zu schimpfen. Ich wünschte, meine Mutter hätte mir gesagt, ich sollte mein Aussehen genießen, als ich jung war.

28. Oktober

Altern bedeutet wohl für jeden etwas anderes. Die Entscheidung, in welcher Altersphase sich ein Mensch befindet, ist ja auch von mehr abhängig als nur der Anzahl der Jahre, die er auf dem Buckel hat. Mein Alter empfinde ich als total situationsabhängig. Wenn ich schreibe, vergesse ich's. Wenn ich die Pfandflaschen zu Penny schleppe, bin ich siebenundachtzig. Wenn ich mit DHL im Hotelzimmer keuche, bin ich höchstens dreißig. Verlässliche Standards sind überall verrutscht: Zwanzigjährige schreiben Memoiren, Neunzehnjährige Romane, Vierzehnjährige scheffeln Millionen und Sechzehnjährige sind Topmodels. Männer baggern Frauen an wie eh und je, aber sie können die Mutter nicht von der Tochter unterscheiden. Hätten wir für die verschiedenen Lebensalter so viele Worte wie Eskimos für Schnee, müssten sich auch Endzwanziger nicht dafür schämen, dass sie demnächst halt dreißig werden.

Umfragen zeigen angeblich, dass vor allem Menschen, die ihr Älterwerden weniger als Abbau und stattdessen mehr als Weiterentwicklung erleben, sich besser fühlen. Gleichaltrige mit negativem Selbstbild sind eher niedergeschlagen und lethargisch. Auch wer nicht jede Anti-Aging-Welle reitet, schützt letztlich sein Selbstbild. Von der Überwindung der Altersangst und der Altersflucht, von einer achtsamen Entdeckungsreise in innere Welten hängt die Verteilung von Licht und Schatten im späten Leben ab, schreibt der Wiener Philosoph Leopold Rosenmayr.

Innerlich altert man weniger, so kommt es mir manchmal vor, wenn ich meine, dass ich immer noch mit den Augen einer Sechzehnjährigen auf die Welt schaue. Wie die Vorstellung, die Oscar Wilde in seinem Roman *Das Bildnis des Dorian Gray* beschreibt. Das Bild altert, nicht er selbst. Das Bild ist der Körper, das Gesicht im Spiegel. Das Eigentliche, vielleicht die Seele, bleibt unsichtbar und altert nicht. In dem Stück *Eine Frau ohne Bedeutung* schreibt derselbe Oscar Wilde: »Die Seele kommt alt zur Welt und wird jung. Das ist die Komödie des Lebens. Der Leib kommt jung zur Welt und wird alt. Das ist die Tragödie des Lebens.«

Auch die Tatsache, dass die eigene Mutter noch lebt, kann ein Gefühl der Jugendlichkeit schenken. Schäbig, aber wahr: Für mich ist meine achtzigjährige Mutter ein wahrer Jungbrunnen: Immer wenn ich das Bedürfnis habe, mich jünger zu fühlen, gehe ich zu meiner Mutter. Sie ist steinalt, viel älter als ich. Dort hängen meine Kinderfotos und das Bild von meiner Abiturfeier an der Wand. Dieser aufsässige, picklige, trotzige und lebenshungrige Teenager, das bin immer noch ich – jedenfalls solange ich mich vom Spiegel fernhalte.

Nachtrag. Mir schwant dunkel, warum Susanne

neuerdings im Senioren-Reha-Zentrum den Crosstrainer tritt. Von wegen, da ist es billiger als im Fitnessclub! Als ich sie fragte, gab sie unumwunden zu: »Da bin ich die Jüngste und die Schönste, und alle Männer glotzen mir auf den Hintern!«

29. Oktober

Ich habe viel zu viel gegessen, und ich habe immer noch Appetit.

Vielleicht sollte ich noch ein bisschen Eis essen.

Aber ich wollte meine Jeans morgen tragen. Und sie sind verdammt knapp.

Er mag es, wenn ich sie trage.

Er scheint in letzter Zeit ein bisschen abgekühlt zu sein. Verliert er das Interesse an mir?

Wir haben uns schon seit zwei Wochen nicht mehr gesehen.

Seine neue Sekretärin sieht gut aus, sagt er.

Sie muss um die dreißig sein.

Als wir uns kennenlernten, war ich neununddreißig, und er konnte nicht genug von mir kriegen.

Vielleicht sollte ich doch über eine Diät nachdenken. Wieder zum Pilates gehen.

Mein Bauch hat kleine Speckrollen. Wie könnte ich konkurrieren?

Ich kann nicht glauben, dass ich den ganzen Eisbecher aufgefuttert habe.

30. Oktober

Innere Dialoge sind gedachte Gemeinheiten. Böse Gedanken, die man nicht ausspricht, entfalten eine unheimliche selbstzerstörerische Macht. Es wirkt befreiend, das aufzuschreiben. Ist es nicht unsere Aufgabe als Erwachsene, unsere seelischen Reservoirs gut zu füllen? Mein Geburtsdatum, mein Geschlecht, mein Aussehen, meine Eltern, meine Geschwister, den Ort, an dem ich aufgewachsen bin – das meiste von dem, was mein Leben bestimmt, habe ich mir nicht ausgesucht. Könnte ich nicht versuchen, wenigstens die paar Dinge zu kontrollieren, die ich beeinflussen kann? Wir kümmern uns doch alle viel zu sehr darum, was andere Leute von uns denken. Dabei können uns deren Ansichten völlig egal sein, wenn es ums eigene Leben geht. Wie viel Energie will ich noch damit verschwenden, Erwartungen zu erfüllen, die mit mir gar nichts zu tun haben? Ich würde gern aus mir herausgehen. Wo kommt man eigentlich hin, wenn man zu sich kommt?

Die seelischen Reservoirs mit Antworten zu füllen, die jetzt von mir selbst kommen und von den Menschen, die ich gewählt habe, das hieße doch, eine Art emotionaler und gedanklicher Kontrolle über Veränderungen zu finden, die sich körperlich mitteilen. Was macht es so schwer, den Blick zu verändern? Vor allem Angst. Die Angst, nicht genug Geld zu haben, oder die Angst zu versagen, die Angst vor dem Risiko. Eine vertraute, wenn auch unglückliche Situation scheint sicherer. Und wir stehen uns selbst im Weg: Statt einen ersten Schritt in eine neue Richtung zu wagen, versuchen wir alle Konsequenzen des Marathons im Voraus zu bedenken, was unmöglich ist und uns blockiert. Dabei reicht oft eine kleine Veränderung, dann zeigt sich die nächste Abbiegung von selbst.

Jetzt dämmert mir auch langsam, warum die Unke schon länger schweigt. Nicht, dass ich sie vermisst hätte. Aber ich selbst habe ihren Part übernommen! Schön blöd.

Nachtrag. Vorerst ist es noch nicht so weit, aber es kann vielleicht schon bald passieren, dass sein Mundgeruch das Danach ins Ich und Du spaltet. Und dann kommt der Tag, an dem die letzten Küsse verknattern werden wie spärlicher werdendes Mündungsfeuer aus dem Hinterhalt. Dass ich Liebe, Geborgenheit und Sex bei einem einzigen Mann suche, ist Schnee von gestern. Sieben Tage Alltag sind ein viel zu hoher Preis für Champagner mitten in der Woche, Liebe am Nachmittag und geklaute Stunden zu zweit.

Aber auch wenn das Abenteuer mit DHL längst Erinnerung geworden sein wird, will ich das Innehalten nicht wieder verlernen, die Neugier nicht ablegen. Es gibt noch so viel zu entdecken! Den Moment genießen, nicht jetzt schon an das Ende, das Ziel, das Morgen denken, das Vorgehen überprüfen, jedes Wort sorgsam abwägen. Nichts erwarten. Mich verwirren, aufrütteln lassen, auf Überraschungen gefasst sein und selbst überraschen. Den Augenblick ganz erleben und Schritt für Schritt weitergehen, so als wäre jeder Schritt schon das eigentliche Ziel. Immer wieder neue und andere Wege suchen. Keinen Weg ein zweites Mal gehen.

29. Oktober

Dixit algorismi:

Niemals alt! So lässt sich das Altern umkehren. Fortschritte der Verjüngungsforschung.

Die Heilkraft des Gehens: Gesunder Rücken – bewegliche Gelenke – starke Füße

Glutathion: Unverzichtbar für die Entgiftung, effektiv bei chronischer Erschöpfung, schützt Mitochondrien und Zellen

Fitness-Training fürs Gesicht. Gymnastik statt Botox. Die besten Übungen gegen Falten & Co

Faceforming mit Tigerfeeling für sie und ihn. Auch Sie können wieder jünger werden

Wie man Freunde gewinnt

Die perfekte Liebhaberin: Sextechniken, die ihn verrückt machen

Entspanntes Gärtnern für Senioren: Wie man sich im Alter sein grünes Paradies erhält

1. November

Braucht man wirklich eigene Bezeichnungen für Menschen, die die Fünfzig oder Sechzig überschritten haben? Bezeichnungen, die angeblich für ein bejahendes Altersbild stehen sollen und doch nicht mehr als ein Marktsegment oder Kundenprofil umreißen, das entweder die Kaufkraft oder das Potenzial für ehrenamtliche Arbeit oder die Leistungsfähigkeit zur Messlatte macht.

Knowies nennt man die Wissenden, lese ich. Woopies sind Well-off older people und Wollies die Well income old leisure people. Goldies, Classicals oder Best und Silver Agers sind selbsterklärend. Go-Goes meint die fitten, Slow-Goes die eingeschränkten, No-Goes die hinfälligen Alten.

Graue Panther, Unruheständler und die Generation Plus geistern durch den deutschen Blätterwald, und längst sind auch die Power-Ladys ins Visier der Marktwirtschaft genommen: etwa fünfzigjährige Frauen, die ihren Platz im Leben gefunden haben, wissen, wer sie sind und was sie wollen. Im Gegensatz zur Generation ihrer Mütter und Großmütter sind sie sehr aktiv und verfügen über ein eigenes Budget, freut sich die Werbung. Ältere Frauen haben Geld, freut sich der Modedesigner Gaultier ganz unumwunden im FAS-Interview und verrät, warum er schon mal ältere Models für seine Schauen bucht: »Für Übergewichtige gibt es einen gut funktionierenden Markt, nur für Ältere nicht. Das sehe ich als Widerspruch.

Ältere Frauen haben doch meist mehr Geld.« Defizitorientierung at it's best, nur um Märkte zu öffnen.

2. November

Alle Empfindungen, Gedanken und Gefühle hat man nur in einem bestimmten Moment. Dann sind sie wieder weg. Stunden später oder am nächsten Tag sieht man womöglich alles wieder ganz anders. Das Tagebuch füllt sich mit Bestandsaufnahmen von Momenten. Näher an die Realität kann man mit Schreiben vermutlich gar nicht herankommen.

5. November

No sun, no hope, no vember. Mir fehlt mein Balkon, der Blick durchs Fenster deprimiert mich. Verwaiste Blumenkästen, verwelkte Strünke, als hätte sich das Leben aus Furcht vor den ersten Nachtfrösten ins Innerste zurückgezogen. Alle Farbe ist gewichen, grau, nass und kalt liegt der gealterte Balkon unter dem grauen Himmel und überwintert. Im November geht es immer ums Abschiednehmen, um die Auseinandersetzung mit unvermeidlichen Veränderungen. Gartenbücher befassen sich ausschließlich mit der Anlage, Auswahl und Kultur von Pflanzen. »Das Überwintern mehrjähriger Mutterpflanzen ist nicht zu empfehlen, da sie oft bereits stark verholzt sind und unansehnlich werden«, las ich neulich in einer Gartenzeitschrift. Es ging um Pelargonien, aber der Satz hat mich unangenehm berührt und in meinem Kopf Wurzeln geschlagen. Wie geht man mit älter werdenden Balkongärten um? Bald schon kann ich nicht mehr umhin, mir eine andere Haltung zum Gärtnern anzueignen: Nicht noch mehr Überfluss anstreben, sondern eher beschränken und reduzieren. Der Herbst kann kommen. Er ist da.

Und ich freu mich jetzt schon auf den Frühling. Bereits der Blick auf Blumen, Büsche und Blätter auf meinem Balkon genügt, um meinen Stresspegel zu senken. Buddeln in der Erde ist Balsam für die Seele. Zu beobachten, wie alles austreibt und wächst, macht Freude. Ein chinesisches Sprichwort erklärt die Sehnsucht nach dem eigenen Grün besonders anschaulich: »Willst du für eine Stunde glücklich sein, betrinke dich. Willst du für drei Tage glücklich sein, so heirate. Willst du für acht Tage glücklich sein, so schlachte ein Schwein. Willst du aber ein Leben lang glücklich sein, so schaffe dir einen Garten.«

Vielleicht sollte ich einen Garten haben. Etwas eigenes, nur für dich, hat Susanne mir neulich eingeschärft, das brauchst du jetzt. Sie hat angefangen, Spanisch zu lernen. Von anderen Freundinnen weiß ich, dass sie, seit die Kinder aus dem Haus sind, neuerdings im Chor singen, Klavier spielen, Ölbilder malen und Gedichte auswendig lernen oder sogar golfen gehen.

Ich könnte auf meine alten Tage Laubenpieper werden, das wär's doch! Einen Komposthaufen anlegen und mit Regenwürmern bestücken: was für ein starkes Bild für wohlbegründbare Wiedergeburtseuphorie! Ein kleines Schreibhäuschen könnte zwischen Lavendelhecken und Rosenbüschen stehen, umgeben von einer Idylle aus duftenden Rosen, üppigen Stauden und lauschigem Pavillon, verschnörkelten Gittern und antiken Göttern aus Stein.

Ein Garten ist der Gegenentwurf zum flüchtigen Glück, zum schnellen Genuss. Entschleunigung pur, die Freude an der Verlangsamung, das bringt ein Garten zuwege. Es ist eben nicht möglich, mit einem Doppelklick das Wachstum, das Blühen und Welken voranzutreiben. Ein Garten lehrt Geduld, Gelassenheit und Demut. Das zuverlässige Wachsen und Vergehen im Wechsel der Jahreszeiten gäbe mir sicher das Gefühl von Beständigkeit und Überschaubarkeit! Abschied und Wiederkehr wären im Grün leichter zu ertragen. Ein Garten erlaubt, wogegen sich jedes Kind, erst recht jeder Mann, heftig sträuben würde: ihn nach unseren Wünschen zu formen, zu gestalten und zu verändern.

Schockschwerenot. Meine Mutter hatte einen Garten. Wie konnte ich das nur vergessen? Nachdem ihr letztes Kind ausgezogen war, machte sie ihn zur Chefsache und verschwand geradezu hinter ihren Johannisbeerbüschen, unter Obstbäumen und auf Gemüsebeeten. Sie war entweder im Garten oder sie sprach über ihn: Komposthaufen und Hochbeete.

Jahrelang versuchte sie mich zu überreden, mir einen Garten zuzulegen. In Berlin! Wegen der Kinder, sagte sie. Den Gedanken, dass ihre Enkel ohne eigenes Gemüsebeet aufwachsen müssen, fand sie unerträglich. Werde ich jetzt etwa doch wie sie?

Reife bedeutet, etwas zu tun, obwohl es die Eltern empfohlen haben.

10. November

Was wäre eigentlich, wenn man sich tatsächlich verjüngen könnte? Durch ein spezielles Wässerchen, ein Kraut, einen Zauberspruch würde man jeden Tag jünger, auch ohne ausdrücklich darum gebeten zu haben …

Ich stelle mir vor: Ich schaue in den Spiegel und entdecke, dass die feinen Linien um meine Augen verschwunden sind. Das freut mich natürlich sehr, und ich beglückwünsche mich im Stillen zu der trotzigen Entscheidung, die sündhaft teure Augencreme nach quälendem Hin und Her am Ende doch gekauft zu haben. Eine Zeit später fällt mir auf, dass nasolabial kein Thema mehr ist. Die leidige Furche zwischen Nase und Mundwinkel – sie ist tatsächlich weg. Kann das wirklich mit der Tag- und Nachtcreme von Aldi zu tun haben, die ich als Strafe für die teure Augencreme davor gekauft habe? Etwas beunruhigt, aber doch eher erleichtert verschiebe ich die sorgfältige Ursachenerforschung auf ein andermal. Vorerst fühle ich mich supergut, voller Energie, mitten im Leben. Den Mittagsschlaf vergesse ich immer öfter, weil ich nicht müde werde. Auch meinen Rücken vergesse ich, weil er nicht mehr schmerzt. Es hagelt Komplimente von Männern, die mich eigenartig unberührt lassen. Was wollt ihr eigentlich von mir? Schon klar.

Dann entdecke ich ein paar Wochen später, dass die Flecken auf meinen Händen verschwunden sind. Wann war ich eigentlich das letzte Mal in Tanjas vielfach verspiegeltem Paradies der Schönheit? Es müsste doch längst schon wieder so weit sein, mindestens sechs Wochen ist das jetzt schon her. Ich durchsuche alle Haare auf meinem Kopf einzeln, kann's nicht fassen und hole den Handspiegel mit der zehnfachen Vergrößerung. Nichts. Kein einziges graues Haar. Sie sind tatsächlich alle im Originalbraun nachgewachsen. Mir wird plötzlich ganz flau. Ich reiße den Mund auf und kontrolliere das Zahnfleisch. Es ist fest und straff und füllt den dafür vorgesehenen Raum zwischen den Zähnen. Die sind weißer als gestern. Doch! Überhaupt, mein Gesicht. Glatte Haut, etwas Flaum auf der Oberlippe, aber weit und breit keine Borste. Nicht auf der Oberlippe, nicht auf dem Kinn. Unfassbar. Selbst das, was die Kosmetikerin ein Schlupflid genannt hat, ist weg. Zart und straff umrahmt die Haut das Auge, das deutlich größer wirkt. Da hängt nichts mehr. Wie früher eben.

Hektisch reiße ich mir die Kleider vom Leib und

untersuche meinen Körper Zentimeter für Zentimeter. Vor dem Spiegel drehe ich mich um und erschrecke: Mein Hintern wirft nicht mehr die kleinste Falte. Das sich wellende Fleisch an den Innenseiten der Oberschenkel, ich hatte mich fast schon daran gewöhnt, es mit einem liebevollen Blick zu betrachten: Es ist weg. Auch das Geriffel an meinen Oberarmen ist verschwunden. Sogar die Krampfader hat sich verzogen.

Am nächsten Tag pfeifen zwei Bauarbeiter hinter mir her. Und ich drehe mich doch tatsächlich um! Wollte sehen, wer gemeint ist. Aber da war nur ich auf der Straße.

Einige Tage später treffe ich abends ein paar Freundinnen auf ein Glas Wein. »Du siehst toll aus, zehn Jahre jünger«, sagt Christiane und die anderen drei nicken beifällig. »Ja, ist mir auch schon aufgefallen!«, lacht Susanne. Ich zucke zusammen. »Du hast doch nicht etwa …«, bohrt sie nach. »Nein!«, schreie ich ein bisschen zu laut und stottere etwas von »endlich mal wieder ausgeschlafen«. Sie runzelt die Stirn voller Misstrauen, sagt aber nichts. »Und was ist mit deinem Hals passiert?«, fragt Christine. »Guck dir mal meinen an, das kann ja gar nicht sein. Was hast du gemacht?« Dummerweise werde ich jetzt knallrot. Das kann ja wohl nicht wahr sein! Der straffe Hals, aber auch die alte Schüchternheit ist wieder zurückgekehrt. Dabei war ich so glücklich, diese ganze Verklemmung, diese emotionale Behinderung, diese Peinlichkeit in Gesellschaft, die mir jahrelang den

Mund versiegelte, endlich überwunden zu haben. Jetzt werde ich also wieder rot, wenn mich jemand direkt anspricht.

Ich bin dann früh nach Hause gegangen. Irgendwie waren mir die Gespräche meiner Freundinnen zu hoch, ich konnte einfach nicht mithalten. Fühlte mich plötzlich so dumm, so unerfahren, so wenig überlegt. Meine Beiträge zum Gespräch müssen einfältig geklungen haben. Mehr als einmal warfen sich Christine und Christiane mitleidige Blicke zu, wenn ich etwas sagte. Christiane rollte sogar einmal mit den Augen. Sie dachte wohl, ich sähe das nicht.

Als ich im Bett lag und gerade die Lampe ausknipsen wollte, bekam ich Angst. Vor der Dunkelheit. Wie früher, aber schon lange nicht mehr hatte ich diese komische Angst im Dunklen, bei der man verdächtige Geräusche hört und Schatten zu leben anfangen. Also knipste ich die Lampe wieder an und versuchte zu verstehen, was hier eigentlich vor sich ging.

Wenn ich jetzt tatsächlich, aus welchen Gründen auch immer, jeden Tag jünger würde, wäre das grauenhaft. Ich malte mir aus, dass irgendwann der endgültige Abschied von meinen Kindern bevorstünde, weil ich unweigerlich in einer Zeit ankäme, in der sie noch nicht geboren waren. Ich würde alle Prüfungen in der Uni wieder ablegen müssen, würde an allen Lieben noch einmal verzweifeln und alle hart erarbeiteten Gewissheiten schwänden dahin. Irgendwann dürfte ich nicht mehr Auto fahren, weil ich zu jung für den Führerschein wäre. Ich würde wieder keinen Plan für mein Leben haben, außer – weg hier. Ich würde wieder in quälenden Selbstzweifeln erstarren und anderen alles, mir hingegen nichts zutrauen. Dann müsste ich zurück in die Schule, zuerst aufs Gymnasium, um mich von sadistischen Mathelehrern malträtieren zu lassen, aber ohne Aussicht auf Abitur und Freiheit, sondern auf die Grundschule, wo ich wieder in die Ecke gestellt oder am Ohrläppchen hochgezogen würde, weil es in mein »a« reinregnet. Nein, es war nicht alles schlimm in meiner Kindheit, aber zu wenig war gut. Bald wäre auch die Grundschule vorbei, und nach dem ersten Schultag ginge ich wieder in den Kindergarten, zu den evangelischen Schwestern, die so gerne Ohrfeigen verteilten. Ich könnte nicht mehr schreiben! Ich würde wieder im Bett liegen und weinen, weil Mama und Papa sich streiten! Eines Tages würde ich vom Fahrrad fallen, weil ich verlernt hätte, wie das Radfahren geht. Ich würde im Schwimmbad absaufen, weil ich Angst vorm Wasser hätte und nicht mehr schwimmen könnte. Noch schlimmer aber wäre, dass ich bei all dem genau wüsste, dass ich bald nicht mehr laufen und nur noch krabbeln kann, und auch das nicht mehr lange. Allmählich könnte ich immer weniger Worte formen und würde bald nur noch mit Geschrei der Welt meinen Willen vermitteln können. Ich müsste bald wieder Windeln tragen und gefüttert werden. Und dann wieder geboren werden. Ein Albtraum.

14. November

Dass mir irgendwann ein Busen wachsen würde, war mir natürlich als Kind schon klar – theoretisch. Doch es hat mich nicht sonderlich interessiert. Als es dann losging und meine Brustwarzen anschwollen und ganz erbärmlich juckten, empfand ich das als lästig, störend und vor allem peinlich. Mein ganzer Körper, den ich bislang einfach beim Reiten, Schwimmen, Jungs-Verhauen, Unkrautjäten oder Die-Straße-Entlanglaufen zum Einsatz gebracht hatte, ohne groß darüber nachzudenken, wurde plötzlich unberechenbar und bescherte mir eine nicht enden wollende Kette von Peinlichkeiten. Ich und mein Körper entfernten sich voneinander und standen sich auf einmal unverwandt gegenüber, so etwa habe ich das empfunden. Ohne mein Zutun, erst recht ohne meine Zustimmung machte mein Körper, was er wollte. Das hatte er auch schon ein paar Mal vor meinem zwölften Geburtstag getan, etwa an dem Morgen, an dem ich aufwachte und feststellte, dass ich von oben bis unten mit Pusteln übersät war. Doch das jetzt war keine Krankheit. Mein Körper überrumpelte mich, ärgerte mich, erschreckte mich und stürzte mich in bodenlose Verlegenheit. Er zog die Blicke auf sich, machte mich so sichtbar. Verglichen mit diesem Schock könnte die angeblich jetzt drohende Unsichtbarkeit glatt eine Wohltat werden.

Und mein Körper ließ mich im Stich. Ich saß im Klassenraum und spürte plötzlich, wie etwas nass unter mir wurde. Als ich nach unten sah, war da dieser dunkelrote Fleck. Voller Entsetzen rannte ich aus dem Klassenzimmer aufs Klo. Dort versuchte ich panisch mit Klopapier und Wasser den Fleck verschwinden zu lassen, was sich schnell als aussichtslos herausstellte. Also raste ich nach Hause, aufgewühlt, verwirrt und ohne Plan, was das Frauending anging, das jetzt offenbar auch mich erwischt hatte. Meine Mutter sagte, ich würde jetzt zur Frau werden, und machte ein paar Bemerkungen über die Dinge, die ab jetzt anzuschaffen und anzuwenden wären. Beim ersten Einkauf von Binden und Tampons bin ich tausend Tode gestorben, weil ja so jeder in der Drogerie sehen konnte, was mit mir los war! Der leichte Anflug von Peinlichkeit, der mich heute noch manchmal streift, erinnert mich an die alte Beschämung. Wenn ich Anti-Aging-Creme, Augenpflege für die reife Haut, Hühneraugenpflaster und Anti-Falten-Maske, Venengel und Zahnpasta gegen Parodontose aufs Band packe, beeile ich mich mit dem Bezahlen und Wegpacken. »Bitte, ich will nicht darauf angesprochen werden!«, ruft mein abweisendes Gesicht der Kassiererin zu.

Nach dem blutigen Vorfall in der Schule konnte ich den ganzen Nachmittag nicht aufhören zu weinen. Heute geht's mir hin und wieder ähnlich. An manchen Tagen kann ich die Tränen nicht zurückhalten – nicht nur, wenn in den Nachrichten von schlimmen Ereignissen die Rede ist, die Kindern zugestoßen sind; auch Berichte von Flugzeugabstürzen, Verkehrsunfällen oder Selbstmordattentaten bringen mich zum

Weinen. Musik packt mich immer, ob ich will oder nicht. Und ein Kino brauche ich ohne Taschentücher gar nicht zu betreten. Meine Neigung, auch freudige Ereignisse zu beweinen, wächst unübersehbar: Abiturfeiern sind kaum zu überstehen, ohne dass ich weinen muss, dagegen waren die vier ersten Schultage ein Klacks. Den Blick in fremde Kinderwagen muss ich mir auch verkneifen, wenn's nicht peinlich werden soll.

Was mit der ersten Blutung begann, hört mit der letzten hoffentlich auf. Dass es die letzte sein wird, werde ich gar nicht groß wahrnehmen – schließlich kann man ja erst im Nachhinein feststellen, dass diese eine die letzte war.

Die körperlichen Veränderungen in der Pubertät waren sicher groß, und sie trafen mich völlig unvorbereitet. Wie soll man sich auch als Kind auf die Pubertät vorbereiten und vorausschauend künftige Wandlungen ergrübeln? Genauso wenig, das ist mein Verdacht, kann man sich auf das Älterwerden vorbereiten. Es geschieht einfach. Der Körper geht voran, und das Bewusstsein will hinterher, will in den neuen Körper hineinwachsen. Gleichzeitig will es aber auch im alten, gewohnten Körper bleiben und sich da festhalten. Und: Je mehr man festhält, desto unwohler fühlt man sich in seiner Haut. Es sind Jahre aufwühlenden Zwiespalts, unvereinbarer Ambivalenzen, gewaltiger Unsicherheit über den eigenen Platz im Leben und wie der auszufüllen wäre, verbunden mit brutalstmöglicher Unsicherheit über den eigenen Stand des körperlichen Rankings unter Mitbewerberinnen. Ja, die eine, die die Umkleidekabine in der Sporthalle immer als Erste oder Letzte betreten hat, um sich der vergleichenden Betrachtung zu entziehen, war ich!

Mehr noch als die körperlichen Veränderungen haben mich die atmosphärischen Wandlungen durchgeschüttelt. Was die körperlichen Veränderungen bedeuten mögen, habe ich in den Blicken der anderen gelesen und ihrem Verhalten entnommen: Lehrer, die einen nach der Stunde aufhielten, um noch mal ein ernstes Wörtchen zu reden, bestanden plötzlich darauf, dass die Klassenzimmertür weit offen blieb. Ich durfte nicht mehr mit meinem kleinen Bruder zusammen in die Badewanne steigen. Das Bett meines Vaters, bis dahin die einzige sichere Zuflucht in der Welt, wenn ein Gewitter tobte, wurde mir plötzlich verwehrt. Liebe alte Onkels verwandelten sich auf einmal in grässliche Gestalten, die einen mit Bemerkungen über Entwicklungsstände in tödliche Verlegenheit stürzten. Erwachsene Männer schauten mich auf einmal komisch an. Meine Cousins wollten plötzlich nicht mehr mit mir gesehen werden. Irgendwelche Kerle versuchten, mich auf dem Schulhof in die dunklen Ecken zu drängen oder auf Klassenfahrten zu befummeln. Tanten, Mütter und andere weibliche Respektspersonen sparten auf einmal nicht mehr mit strengen Ermahnungen, gerade zu sitzen und die Knie zusammenzuhalten, ohne die Beine überzuschlagen. Fingernägel, die bislang einfach geschnitten wurden, sollten jetzt gepflegt werden. Haare immer ordentlich gekämmt sein. Man könnte sagen, die kulturellen Botschaften der Außenwelt waren widersprüchlich und sie zu befolgen ein Ding der Unmöglichkeit: Junge Mädchen werden ermuntert, sich in der Schule anzustrengen, hart zu arbeiten, Sport zu treiben und Wettkämpfe für sich zu entscheiden, darüber aber nicht ihre Haare und ihr Make-up zu vergessen. Wie sich die Botschaften am zweiten großen Übergang doch gleichen: Fünfzigjährige Frauen werden für ihre Weisheit gerühmt und bewundert, aber sie sollen gleichzeitig nicht so alt aussehen, wie sie sind.

22. November

Genau wie damals steht die Beschäftigung mit der äußeren Erscheinung plötzlich wieder im Vordergrund, doch weniger aus eitlen und mehr aus emotionalen Gründen. Aus dieser Quelle sprudelte alles, womit Frauen sich gegenseitig das Leben schwer machen: das Wetteifern, das Konkurrieren, die Eifersucht, die Angst, ausgeschlossen zu werden. Wenn das eigene Spiegelbild Gefühle wachruft, die aus der Teenagerzeit stammen, sitzt man schnell in der Falle und fällt auf alte Gefühle herein, um neue Situationen zu deuten. Deshalb können auch Frauen, die ein Leben lang ihre Identität nicht an ihrem Aussehen festgemacht haben, von ihrem alternden Gesicht entsetzt sein. Wie der Schweif am Kometen hängt ein Batzen aus Unsicherheit, Angst und Selbstzweifeln, der aus den Erfahrungen der Teenagerzeit stammt, am Spiegelbild, das ein alterndes Gesicht zeigt. Wahrscheinlich ist es einfach die Angst, das Beste hinter sich zu haben. Die Angst vor dem, was kommt. Die Frage, ob da überhaupt noch etwas kommt, das Spaß macht. Diese Unsicherheit bringt Frauen und Männer dazu, sich komisch zu verhalten. Es ist eine Art zweiter Pubertät. Nur geht die wohl nicht so schnell vorbei wie die erste. Aber vielleicht haben wir in der ersten etwas gelernt, das uns in der zweiten weiterhilft. Übergangspassagen sind dazu da, Entwicklung zu ermöglichen – neue Perspektiven anzustreben, untaugliche Gewissheiten abzustreifen und die inneren Möglichkeiten zu entfalten.

23. November

Christiane zog heute auf dem Weg ins Kino ein Vorweihnachtsgeschenk für mich aus der Tasche. Désirée Nicks Buch: *Gibt es ein Leben nach 50? Mein Beitrag zum Klimawandel.* »Damit du nicht wieder auf die Idee kommst, die Hitze deiner Altersbeschwerden mit dem Mütchen von Simone de Beauvoir zu kühlen«, flüsterte sie und zwinkerte mir zu. Im Buch steckte ein wunderschönes Lesezeichen mit dem Konterfei von Audrey Hepburn. Kann doch kein Zufall sein – an der Stelle:

»DER Umbruch im Leben schlechthin. Umstellung, Neuorientierung, Beginn – der Anfang eines neuen Lebens, befreit von all den Kinkerlitzchen, die uns früher so behindert haben. Was war das furchtbar, die Angst, als Mauerblümchen zu enden, dauernd aufgestrapst seinen Platz in der Peer Group verteidigen zu müssen – und im Wettstreit um den muskulösesten Höhlenbewohner permanent in Stilettos an die Front rücken zu müssen. Bin ich froh, dass dieses Immer-überall-dabei-Sein und Im-Leben-mindestens-mit-einem-der-Beatles-in-der-Kiste-gelandet-zu-sein-Müssen endlich ein Ende hat. Jedes Menschenleben teilen wir unbewusst in zwei grobe Abschnitte. So wie man aus einer grünen Gurke erst mal zur besseren Handhabung zwei Teile macht. Es gibt in unseren Biografien immer die Zeit VOR dem fünfzigsten und die Zeit NACH dem fünfzigsten Geburtstag. Und in der Mitte des Lebens, sozusagen VOR dem Altwerden, handelt es sich um eine Sondierungspause, um das Dritte Zeitalter. Wir werden von der Natur aufgefordert, die Dinge neu zu ordnen, quasi wie in der Postpubertät.«

27. November

Je länger ich darüber nachdenke, desto deutlicher werden mir die Gemeinsamkeiten dieser ersten und zweiten Pubertät, die wie zwei Buchdeckel viele Hundert Kapitel gelebten Lebens umschließen. Vivan

Diller und Jill Muir-Sukenick, Ex-Models und Psychologinnen, haben drei erhellende Tabellen erstellt.

Körperliche Parallelen

Pubertät: Erste Regelblutung, steigende Hormonproduktion, mehr Interesse an Sex, Pickel, Haare werden voller, Körper rundet sich, Knochen wachsen, Beschäftigung mit äußerem Erscheinungsbild

Lebensmitte: Letzte Regelblutung, sinkende Hormonproduktion, weniger Interesse an Sex, Falten, Haare werden grau und dünner, Muskeln erschlaffen, Stoffwechsel wird gebremst, Knochen werden brüchig, Körper schrumpft, Beschäftigung mit äußerem Erscheinungsbild

Psychologische Parallelen

Pubertät: Ablösung von der Familie, Gleichaltrige werden wichtiger

Lebensmitte: Ablösung von alternden Eltern, Kinder verlassen das Haus, Freunde werden wichtiger

Pubertät: Kindheit hinter sich lassen, erwachsen werden

Lebensmitte: Jugend hinter sich lassen, älter werden und dann – alt sein

Pubertät: Stimmungsschwankungen, Furcht vor Kontrollverlust, besonders Angst- und Verlustgefühle

Lebensmitte: Stimmungsschwankungen, Furcht vor Kontrollverlust, besonders Angst- und Verlustgefühle

Pubertät: Identität festigen, Aspekte des Selbstbildes verbinden, Vorlage für Erwachsensein schaffen

Lebensmitte: Identität rekonstruieren, Aspekte des Selbstbildes hinter sich lassen, die mit Jugend, Schönheit und Fruchtbarkeit zusammenhängen, neue Vorstellung von sich selbst entwickeln

Verhaltensparallelen: Kämpfen und Leugnen

Pubertät: Aggressives und rebellisches Verhalten

Lebensmitte: Aggressives und rebellisches Verhalten

Pubertät: Promiskuität, sexuelle Experimente

Lebensmitte: Promiskuität, Rolle als Ehefrau und Mutter abstreifen, Affären

Pubertät: Unangemessenes Verhalten, Benehmen wie jemand Älteres, wie Erwachsene kleiden

Lebensmitte: Unangemessenes Verhalten, Benehmen wie jemand Jüngeres, wie ein Teenager anziehen

Pubertät: Impulsives Verhalten, Süchte, Essstörungen

Lebensmitte: Impulsives Verhalten, Süchte, Frustshoppen

Pubertät: Vermeidungsverhalten, Selbstgefährdung

Lebensmitte: Vermeidungsverhalten, Selbstgefährdung

Pubertät: Betäuben mit Drogen, Alkohol, Schlaf

Lebensmitte: Betäuben mit Drogen, Alkohol, Schlaf

Pubertät: An kindischen Verhaltensweisen festhalten

Lebensmitte: An alten Verhaltensmustern festhalten, Kinder überbehüten

Pubertät: Isolation und Rückzug

Lebensmitte: Isolation und Rückzug

30. November

Bin ich wieder oder insgeheim immer noch fünfzehn, oder ist das jetzt die berühmte Krise in der Lebensmitte?

Etwa seit ich etwa fünfzehn wurde, werde ich von Fragen verfolgt. Oft sind sie mir knapp auf den Fersen. Jetzt bin ich neunundvierzig, bald fünfzig, und sie haben mich eingeholt.

Wer bin ich eigentlich?
Was ist mir wichtig?
Was tut mir gut?
Welche Arbeit macht mir Freude?
Welches Leben will ich haben?
Steht mir die Haarfarbe?
Ist das der richtige Mann für mich?

Schon gut, dass rote Strähnchen in braunen Haaren gar nicht gehen, habe ich längst kapiert. Und DHL ist der Richtige, jedenfalls wenn er bei mir ist und nicht bei seiner Frau. Aber die Fragen? Mit fünfzehn gehen sie voll klar, aber mit fast fünfzig? Sollte ich in meinem Alter, mit vier Kindern, noch mehr Falten und so vielen kostbaren Erfahrungen nicht ein paar Antworten parat haben oder einfach manche Fragen nicht mehr stellen? Und was mache ich mit den neuen Fragen, die neuerdings aufploppen wie die Werbebanner bei Youtube?

Ist doch alles in trockenen Tüchern!

Sei dankbar für das, was du hast!

Hast du eigentlich keine anderen Probleme?, kichert die Unke.

Deine Sorgen möchte ich haben!

Maul halten, weiterschwimmen, Amerika kommt gleich.

Doch die Fragen bleiben und fangen an zu brüllen, wenn ich versuche, sie zu ignorieren. Sie sind mit meinen Antworten nicht zufrieden. Deshalb kommen sie auch immer wieder zurück. Immer noch fünfzehn. Eine Fünfzehnjährige, die aussieht wie eine fast Fünfzigjährige. Andersherum wäre noch schöner. Aber bis fünfzig will ich Antworten! Ich versuch's mal.

Achtung! Der Bundesgesundheitsminister warnt: Fällt die Lebensbilanz düster aus, können wie in der Pubertät klassische Identitätskrisen entstehen.

Wer bin ich eigentlich? Gute Frage, nächste Frage. Ich lass mich mal überraschen.

Was ist mir wichtig? Meine Kinder, meine Ruhe. Meine Arbeit, meine Freunde, meine Freiheit.

Was tut mir gut? Geld. O nein, ganz falsch. Sport. Essen. Trinken. Träumen.

Welche Arbeit macht mir Freude? Das Schreiben.

Welches Leben will ich haben? Genau das, das ich habe. Nur künftig mit Garten und öfter mal auf Reisen.

Hatte ich genug Sex and Drugs and Rock 'n' Roll? Hm, ein Viertel mehr könnt's schon noch sein.

Wie viele Jahre habe ich noch? Noch mal dasselbe, bitte!

Nachtrag. Martin Walser hat in einem Interview davon gesprochen, dass der Mensch sich im Grunde bis ins höchste Alter ein Stuck Pubertät bewahren müsse. Wenn die Aufklärung der Ausgang des Menschen aus der selbst verschuldeten Unmündigkeit war, dann erlebten wir heute so etwas wie die zweite Aufklärung. Deren Kern sei unser körperliches und geistiges Bewusstsein.

1. Dezember

Vor ein paar Jahren hat das begonnen. Mein Leben lang habe ich eher flache Schuhe getragen, meistens Jeans und andere Unisex-Klamotten. Eines Tages ertappte ich mich dabei, wie ich ein paar High Heels im Schaufenster anstarrte. Schwarz. Lack. Sehr hoch. Und dann stieß ich die Ladentür auf und kaufte mir die Schuhe. Einfach so. Es folgten ein paar rote, nicht weniger hoch. Die Schuhlust war nicht das einzige Ungewöhnliche, das ich an mir beobachtete. Die neue Lust am Sex und die Tatsache, dass ich auf einmal immer warme Füße hatte, obwohl ich ein Leben lang kalte Füße gehabt hatte. Das Vergnügen, für gewisse Stunden in tief dekolletierte Kleider zu schlüpfen und darunter ausschließlich Strümpfe zu tragen. Die vielen schlaflosen Nächte und die aufregenden Ideen, die mir dabei durch den Kopf spukten. Das Schreiben aufgeben. Noch mal was Neues beginnen. Vielleicht was mit Kunst? Oder endlich einen Weinladen eröffnen?

5. Dezember

Heute ist Frau Mohr gestorben, und das hat sie sich schon seit einiger Zeit gewünscht. Dass sie finde, dass sie jetzt genug gelebt hätte, hat sie mir immer wieder gesagt und die Aussage stets mit einem strahlenden, vergnügten Lächeln untermalt. Sie lebte im Parterre und war meine liebste Nachbarin überhaupt. Außerdem war sie die absolut einzige wirklich alte Frau, die ich kenne, die immer gute Laune versprüht hat. Dank ihres augenzwinkernden, verschmitzten Charmes erlag ihr jeder Postbote, Nachbar oder Friseur im Nu. Vor vielen Jahren, als ich gerade mit vier kleinen Kindern in den vierten Stock gezogen war, traf ich sie einmal auf der Straße. Sie trug einen rotsamtenen Hausanzug, ihre Füße steckten in zierlichen Pantöffelchen. Ihre sonst so sorgsam gepflegte

Dauerwelle war ein wenig verwuschelt, ihre Wangen erglühten in einem mädchenhaften Rosa. Schon von Weitem winkte sie mir mit der Zeitung zu, die sie gerade vom Kiosk geholt hatte. Sie schien bester Laune zu sein. Ich winkte eilig zurück und versuchte, vier kleine Kinder im Auto zu verstauen. Wir waren in Eile, die Schule ging gleich los. Sie trippelte auf uns zu und rief: »Ach, liebe Frau Kühn. Altwerden ist so wunderbar! Man kann morgens Sherry trinken und dann in aller Ruhe lesen. Es ist herrlich! Niemand stört einen dabei, und man muss absolut nichts tun. Aber was schwärme ich Ihnen da vor? Das ist ja wirklich sehr böse von mir. Ich darf Ihnen doch den Mund nicht wässrig machen! Denn bei Ihnen dauert es doch noch so lange!«

Bisher bin ich einigermaßen unbehelligt von guten Vorbildern durchs Leben gekommen, aber wenn es eines für die Jahre jenseits der neunzig gibt, dann ist es Frau Mohr. Adieu! Ich wünschte, ich hätte ihr das mal gesagt.

12. Dezember

Dixit algorismi:

Wechseljahre – ja natürlich! Sanfte Begleitung mit Heilpflanzen, Yoga, Ernährung, Kneipp-Anwendungen

& Co. Mit großem Extra: Schüßler-Salze für die Wechseljahre

Lebensphasen, Lebenschancen: Vom gelassenen Umgang mit dem Älterwerden

Der Garten der alten Dame: Altes Gemüse – neuer Geschmack: Sorten, Geschichten, Rezepte

Grundlos erschöpft? Nebennieren-Schwäche: das Stress-Syndrom des 21. Jahrhunderts. Was ist Cortisol-Mangel und wie können wir ihn heilen?

Stricken für starke Frauen – Größe 40 bis 50

Wechseljahre einer Blondine – Vom mutigen Kampf gegen Hormone, Hitzewallungen und Hängebusen

Die alte Göttin und ihre Pflanzen: Wie wir durch Märchen zu unserer Urspiritualität finden.

17. Dezember

Sätze, die beginnen mit »Wenn ich noch mal jung wäre« oder »Wenn ich noch mal von vorne anfangen könnte« oder »Wenn ich noch mal entscheiden könnte«, kommen mir unfassbar albern vor und gehören eigentlich verboten. Sie werden völlig zu Recht in der Fielmann-Werbung verhunzt oder besser zur Kenntlichkeit entstellt. Denn die Entscheidung für eine bestimmte Brille ist ja wohl der Königsweg der möglichen revidierbaren Entscheidungen. Die meisten anderen im Leben sind das nicht. Die Kinder, die man hat, hat man. Andere gibt's nicht. Den Vater, den man dafür ausgesucht hat, kann man nie wieder durch ein besseres Exemplar ersetzen. Den Beruf, den man ergriffen hat, behält man auch, und selbst wenn fünfzigjährige Manager aussteigen und eine Surf-Schule gründen, ist mehr als fraglich, ob sie darin ihr Glück finden. Wenn-ich-noch-mal-jung-wäre-Sätze sind innig verwandt mit Wenn-ich-im-Lotto-gewinnen-würde-Sätzen oder Wenn-ich-nur-mehr-Zeit-hätte-Sätzen: eine lächerliche Ausrede dafür, etwas nicht zu tun. Sie kaschieren nur schlecht, dass man sich eben entschieden hat, etwas Bestimmtes zu tun und etwas anderes nicht. Sie verdecken die eigentliche Frage, ob ich etwas wirklich täte, wenn ich mehr Zeit, mehr Geld oder mehr Jugend hätte.

Ich bin doch längst im Wann-wenn-nicht-jetzt-Alter und noch lange nicht in der Hardcore-Boring-Vollnixlos-Phase meines Lebens angekommen. Der richtige Moment, das sentimental selbstmitleidige Nie-wieder hinter mir zu lassen. Das ist mir zu anderen Zeiten spielend gelungen. Ich kann mich nicht erinnern, besonders traurig gewesen zu sein, als ich laufen lernte, weil ich ab da nie wieder gekrabbelt bin. Auch als ich vom Kindergarten in die Grundschule, von da ins Gymnasium und weiter in die Uni wechselte – von Nie-wieder-Abschiedsweh keine Spur. Warum also nicht vorwärtsstürmen wie bisher und diese Lebensetappe als ein Stück Zukunft von unbestimmter Dauer denken?

Mich frei machen, um auch diesen Teil der Reise ganz auszukosten: Wann, wenn nicht jetzt?

19. Dezember

Ich hab's einfach gemacht. War beim Optiker, habe den ganzen Schaden vermessen lassen und nächste Woche kann ich meine Brille abholen. Meine Gleitsichtbrille. Uff. Weiße Fahne. Kapitulation.

20. Dezember

Meine neue Haltung zum Leben steht mir ziemlich gut und wird mich bestimmt noch weit bringen, fürs Erste schnurstracks ins Hotelbett. Glücklicherweise sind die Weihnachtsvorbereitungen im Vergleich zu früheren Jahren deutlich im Umfang geschrumpft, und gleichzeitig ist die Trilogie möglicher Ausreden in dieser Jahreszeit gewachsen. Dass ich mal schnell noch ein paar Dinge besorgen muss, glaubt mir sogar Leander, ohne mit der Wimper zu zucken. Und schon habe ich ein paar freie Stunden am Nachmittag gewonnen. Wann, wenn nicht jetzt, stand in der SMS, die DHL in meine Weihnachtsvorbereitungen gejagt hat.

In der Zeit, die eigentlich für die Zigarette danach reserviert sein sollte, holten mich die Fragen ein.

Ist das jetzt die große Liebe oder die pure Lust? Welche Rolle spielt das schon? Und wer, verdammt noch mal, bin ich eigentlich, dass ich so etwas tue? Bin ich aus dem Alter für diese Art Gute-Nacht-Geschichten nicht eigentlich längst heraus? Aber vielleicht komme ich gerade erst in dieses Alter hinein? Was tue ich hier eigentlich? Ist das ein reifes Entgleisen, oder sind schlicht die Hormone mit mir durchgegangen? Dabei haben doch eigentlich Männer diese Variante möglicher Ausreden für sich reserviert. Leider funktionieren Menschen nicht so ordentlich der Reihe nach, auch gestandene Frauen nicht, die im Hotelzimmer mit geröteten Wangen nach ihren Strümpfen angeln. In Wahrheit stürzt alles auf einmal auf einen herein.

Sicher, er brachte ungekannte Seiten in mir zum Klingen, fütterte meine Neugier auf alles Mögliche, legte eine wunderbar wilde und extravagante Seite von mir offen, die ich lange verborgen hielt. Aber wie könnte er all das wachrufen, wenn es nicht da wäre? Was da plötzlich so putzmunter ans Licht drängte, gehörte doch zu mir und bleibt bei mir, auch wenn dieser Mann wieder aus meinem Leben verschwunden sein wird. Plötzlich hatte ich eine unbändige Lust, Dinge zu tun, die ich vorher noch nie getan habe: allein ins Kino oder in eine Kneipe gehen, das bestellte Steak zurückgehen lassen, wenn es mir zu blutig ist, in der Stadt herumfahren, Tango tanzen lernen, mitten in der Woche blaumachen oder Weihnachten ganz allein im Kino mit Doppelprogramm James Bond und anschließendem Barbesuch verbringen.

Immer öfter frage ich mich in letzter Zeit, was ich eigentlich wirklich will und was ich brauche, um glücklich und zufrieden zu sein – und zwar, bevor ich bereitwillig am Wochenende arbeite, Gefälligkeiten erweise oder größere Liebesdienste an den Kindern verrichte und mein eigenes Vergnügen sang- und klanglos unter den Tisch fallen lasse. Kein Zweifel, ich bin wieder da.

25. Dezember

Wer braucht eigentlich Weihnachten? Ich jedenfalls nicht. Wenn ich mich recht entsinne, habe ich den ganzen Plätzchenbackwahnsinn, Weihnachtsbaumbeschaffungsstress, Geschenkejagd und vorfreudiges

Gegurre angesichts studentischer Aushilfskräfte mit Mundgeruch, die als Nikolaus verkleidet im Kaufhaus herumstehen und von meinen Kindern bestaunt wurden, nur deshalb angefangen, weil ich plötzlich kleine Kinder hatte. Vom kinderlosen Weihnachten meiner jungen Jahre trennen mich nur noch ein kleiner Schritt und zwei Stolpersteine in Gestalt schlecht gelaunter Teenager, die Weihnachtsliedersingen ätzend finden, den (teuren) Baum so lala, und von den Geschenken auch enttäuscht sind. Dabei wusste ich doch ganz genau, dass Leander und Charlotte dringend ein neues MacBook brauchen. Himmel, hilf! Weihnachten ist was für kleine Kinder. Spätestens in zwei Jahren habe ich's geschafft. Bond, übernehmen Sie! Bars in Berlin – ich bin bereit! Ich kann's kommen sehen. Nach dem dritten Gin Tonic werde ich die leuchtenden Kinderaugen überm Legopaket vermissen und mir all die heiklen Stimmungslagen, die Stresspartien und selbst das schulische Weihnachtsbasteln vor den zwanzig letzten Weihnachtsfesten rückblickend noch viel schöner trinken, als sie jemals waren.

26. Dezember

Sieht voll sexy aus, sagte der Schleimer von Optiker. Ich bin da nicht so sicher. Diese total schicke (!) schwarze Ray-Ban-Brille hat etwas Nana-Mouskouri-haftes und auch etwas von einem ihrer Lieder. Schau mich bitte nicht so an … Vorerst werde ich sie nur zu Hause tragen, ich bin noch nicht so weit, mich damit draußen zu zeigen.

2. Januar

Es ist, was es ist. Und es ist aus, wenn einer mehr will. Der erste Platz in seinem Leben ist besetzt. Damit lagen die Dinge von Anfang an klar. Warum bin ich dann sauer, weil DHL den Jahreswechsel mit seiner Frau statt mit mir verbracht hat? Ich will doch gar kein Paarhufer-Leben führen! Aber ich musste mal mein Herz ausschütten, und deshalb habe ich Christiane noch mal aufgezählt, was alles gegen eine feste Beziehung spricht. Geht es bei Paaren nicht immer wieder darum, dass das, was eigentlich nicht zusammenpasst, doch gemeinsam bewältigt werden muss? Sie zuckte mit den Schultern und fragte: »Na und? Darum geht's doch in jeder Beziehung. Denk mal an deine Kinder! Oder deine Mutter! Oder deine Freundin!«

Ich musste wohl deutlicher werden und kramte aus meiner Erinnerung an meine eigene steinige Etappe auf dem weiten Weg zu zweit die Reste hervor, während wir schnellen Schrittes den Schlachtensee umrundeten: Meine Nörgelei, seine Wortkargheit, seine Ruhe, meine Empörung, meine Mutter, seine Socken – im verzweifelten Versuch, Gerechtigkeit herbeizureden, verstricken wir uns doch nur ausweglos in gegenseitige Vorwürfe, die dazu führen, dass beide sich hinterher gleichermaßen erschöpft und unverstanden fühlen. Die richtige Mischung aus Schweigsamkeit und kriegerischem Meinungsaustausch, aus taktvollem Übergehen von Ausrutschern und rechtzeitigem Ansprechen von Ärgernissen, ehe die Enttäuschung bodenlos wird und die Erotik flöten geht, das kann man doch gar nicht schaffen! Christiane lächelte ihr schlaufüchsigstes Christiane-Lächeln und meinte, es könnte auch ganz schön sein, mit einem Mann zu leben, den man liebt, auch wenn ich das jetzt nicht zugeben wollte.

»Ja, du hast's gut«, sagte ich, »aber ich hab's besser: Liebeswünsche verbergen nur notdürftig Beziehungsideale, die einen für das Zusammenleben mit einer Haltung ausstatten, die zum Alltag so gut passt wie Flipflops zur Besteigung des Mount Everest.«

»Es gibt keine unbegehbaren Wege«, raunte sie und flüsterte dann noch hinterher: »Es gibt nur die falschen Schuhe.«

Der Gang um den Schlachtensee ist eine unserer Lieblingsübungen. Wir haben schon vor Jahren die Parole ausgegeben: einmal rum, Problem gelöst. Auf diese Weise haben wir schon viele Konflikte mit aufmüpfigen Kindern beigelegt, fiese Kollegen kaltgestellt und die Mühen der Ebene bei der Arbeit unter Abwesenheit von guten Ideen abgekürzt. Wie andere Leute es vermutlich auch tun, wenn sie redend den Schlachtensee umrunden. Man trifft sich immer zweimal dabei und hat manchmal das Glück, den Fortschritt beim langsamen Verfertigen der Ideen beim Spazierengehen in den Gesprächsfetzen zu erkennen, wenn man sich überholt oder zum zweiten Mal begegnet. Frauen reden über Männer, Männer reden über Frauen. Christiane hatte mal die Idee, dass wir alle Gesprächsfetzen aufschreiben, die wir von den anderen mitkriegen, und dann sehen, ob aufs Ganze gesehen eine schräge Geschichte daraus wird. Doch heute will sie nichts davon wissen. Beim Milchkaffee an der Bude, als wir uns an der rauchenden Feuerschale die Hände wärmen, sagt sie: »Es wird riskant, wenn du versuchst, wichtiger zu werden als die Hauptbeziehung. Und der Mann, der dabei ist, sich aus einer schlechten Ehe zu lösen, und behauptet, es nur deshalb nicht schon längst getan zu haben, weil seine Frau sich sonst das Leben nehmen, die Kinder rauben oder aus Rache sein Vermögen ruinieren würde, ist nicht der richtige Mann für gewisse Stunden.«

»Das würde DHL nie machen«, habe ich protestiert. »Er redet überhaupt nicht über seine Frau, und schon gar nicht über Scheidung!«

Da sagte sie, dass ich einfach rauskriegen sollte, was ich selbst wirklich will.

Hört das denn nie auf? Und was ist, wenn ich auf der Suche nach meinem wahren Selbst und seinen dringenden Wünschen nichts Nennenswertes finde?

10. Januar

Meine Nichte Amanda wurde heute vierzehn, und wir trafen uns zum Geburtstagskaffeeklatsch. Ihr Vater erzählte, dass die Deutschlehrerin sich beim letzten Elternabend bitterlich darüber beklagt habe, dass die Klasse so unruhig, so albern und so unkonzentriert sei. Bei der kleinsten Gelegenheit bräche Gelächter aus, an ernsthaften Unterricht sei derzeit gar nicht zu denken. Ich habe Amanda gefragt, was es denn so zu lachen gäbe in der Schule, und sie meinte, dass alle in der Klasse sofort einen Lachkrampf kriegten, wenn die Lehrerin von Gesichtspunkten spräche. »Das macht sie dauernd! In jedem zweiten Satz!«, giggelte Amanda. Gesichtspunkte? Was ist daran so lustig? Sie riss die Augen auf und hob die Arme in gespielter Verzweiflung. »Gesichtspunkte! Wir sind vierzehn! Da denken wir doch nur an Pickel!«

»Oh, herrjemine«, sagte ihr Vater und grinste breit. »Jetzt rate mal, woran ich denke, wenn mir jemand was von Entfaltungsmöglichkeiten erzählt!«

1. März

Für eine atemberaubende Schönheit habe ich mich nie gehalten und auch kaum Ehrgeiz entwickelt, mich in diese Richtung zu begeben. Dass ich mehr oder weniger gut aussehe, hat mir an den besseren Tagen nach den Stürmen der Pubertät in den vielen Jahren meines Erwachsenenlebens als Spiegelbilanz gereicht, um mich anderen, wichtigeren Überlegungen oder dem, was gerade anstand, zuzuwenden. Doch es gibt Momente in meinen Erinnerungen, die herausragen. An einem sonnigen Sommernachmittag saß ich mit Freunden in deren Garten um einen Grill herum, auf dem duftende Würstchen brutzelten. Ich sah an mir herunter und fand mich auf einmal umwerfend schön – eine blitzartige Erkenntnis, die von keinerlei Realitätssinn getrübt wurde und sich auch in den bewundernden Blicken einiger anderer Gäste zu spiegeln schien. Meine Haare glänzten wie flüssige Schokolade, meine Fingernägel wirkten zart wie Rosenknospen, meine Haut war glatt, milchkaffeebraun und schimmerte. Unter meinem prallen Busen wölbte sich eine riesige Kugel, in der das dritte Baby sich für den Sprung auf die Welt rüstete. Links von mir stand ein bezauberndes kleines Mädchen, das sich an mich schmiegte und das meines war. Daneben ihr Bruder, ein hinreißender Blondschopf mit Stupsnase und großen, grünen Kulleraugen; er hatte seine kleine Hand auf meinen Bauch gelegt. Ich fühlte mich nicht nur unbeschreiblich weiblich, sondern auch wie ein großer, prachtvoller Baum, der gleichzeitig blühte und Früchte trug, tief im Erdreich verwurzelt, die Äste und Zweige emporgereckt, im Himmel ankernd, unsterblich. Geborgen und sicher mitten im Leben und wunderschön, und zwar von Natur aus.

Wenn ich jetzt versuchen muss, mich von meinem jugendlichen Aussehen zu verabschieden, macht mich das traurig. Und das muss erlaubt sein! Adieu zu einem Teil seiner Selbst zu sagen, von dem man immer dachte, dass man ihn unter Kontrolle hätte: das Äußere. Aber ich will nicht an früheren Varianten meiner selbst festhalten wie ein Teenager an seinem Teddybär. Ich will diese Stufe hinter mir lassen, die nächste erklimmen und sehen, welchen Gewinn der Verlust mir bringt. Es wirkt beruhigend auf mich, wenn ich mich auf das konzentriere, was bleibt und was aus diesem Moment vor vielen Jahren in meine Gegenwart hinüberstrahlt: dieses Gefühl von Geborgenheit, Aufgehobensein, Sicherheit, Anerkennung, das Gefühl zu lieben und geliebt zu werden.

Auch das kann der quälende Wunsch, die Zeit zurückzudrehen, die Falten zu glätten und das jugendliche Aussehen zurückzugewinnen, im Innersten bedeuten: diese beglückenden Gefühle, die man damit verbunden hat, wie man aussah, wieder empfinden zu wollen. Doch das eine muss man vom anderen trennen lernen, und dafür nehme ich mir Zeit. Es wird unendlich viele Glücksgelegenheiten geben in den Jahren, die kommen. Ich werde ja nicht aufhören zu lieben, nur weil ich nicht mehr glatt und schön bin.

5. März

Sophia Loren, die schönste Frau der Welt, sagte einmal über ihr Altern, es gäbe da einen Jungbrunnen: »Es ist dein Geist, deine Talente, die Kreativität, die du in dein Leben und das der Menschen bringst, die du liebst. Wenn du verstehst, diese Quelle anzuzapfen, wirst du das Alter besiegt haben.« Die schlechte Nachricht: Die wenigsten von uns werden jemals so schön sein wie Sophia Loren. Die gute Nachricht: Wir fühlen uns attraktiv, solange wir ganz im Leben stehen und innig verbunden sind, mit Freunden und Familie. Freundlichkeit zu teilen, Würde und Dankbarkeit zu zeigen wird für den Rest unseres Lebens dafür sorgen, dass wir uns wunderbar fühlen. Die Art, wie wir uns einst sahen, ist nicht mehr die Art, wie wir uns sehen werden, wenn wir uns auf die neuen Dimensionen von Schönheit freuen.

Schönheit, die von innen kommt und nach außen strahlt, bleibt zuverlässig und lässt sich weniger von der Welt um uns herum und ihren zwischenmenschlichen Anwürfen beeindrucken. Sie wird unabhängiger von Komplimenten sein, die man einheimst oder eben nicht. Aber sie kann einem von niemandem genommen werden, auch nicht von der Zeit. Die Zeit lässt den Körper altern, nicht die Seele. Vom jugendlichen Aussehen kann ich mich trennen, aber es gibt Aspekte von Schönheit, von denen ich mich nie trennen muss – die Fähigkeit, selbstbewusst zu lächeln, das Vertrauen in mich selbst zu spüren, in die, die ich geworden bin. Frei, bei mir zu bleiben und mich offen und empfindsam mit anderen zu verbinden. Befreit von sozialem Druck, von Konventionen und Verpflichtungen, die mich jahrelang in Atem gehalten und beengt haben, kann ich auf einmal den Blick auf das richten, das bleibt, während das andere vergeht. Ja, ich kann mich mit etwas Höherem verbunden fühlen. Wann das anfing, kann ich gar nicht mehr genau sagen, aber seit einer ganzen Weile schon spüre ich, wie sich etwas verändert: Früher mochte ich Pflanzen auch schon gerne, aber heute fühle ich mich manchmal auf eine aufregend neue Art mit einem Baum, einer Rose, einem Strauch verbunden: als Lebewesen mit einem Lebewesen, eingefügt in eine größere, kosmische Ordnung. Musik packt mich immer, aber seit einiger Zeit geht mir bei manchen Klängen das Herz auf. Dasselbe geschieht, wenn ich bestimmte Gemälde auf mich wirken lasse. Oder wenn ich meine Kinder anschaue und das erkenne, was von mir bleiben wird, wenn ich nicht mehr bleiben kann.

12. März

Achtzehn Jahre ist es jetzt her, dass ich nicht nur eine Tochter bin, sondern auch eine habe. Seit diesem Tag hat sich der kosmische, karmische Kreis geschlossen. Ich darf meine zweite Volljährigkeit feiern. So wie ich damals meinen Eltern und meiner ersten Familie entwachsen bin, entwachse ich jetzt meinen Kindern und meiner zweiten Familie. Ich darf erwachsen werden – und das heißt: mich befreien, mündig werden. Begrenzt durch eine Erziehung, die ich nicht gewählt habe und aus der ich bestenfalls ein paar wertvolle Versatzstücke übernehmen kann, während ich mich vom Rest teilweise befreit habe, wird das auch meinen Kindern zu einem besseren Start in ihr Erwachsenwerden verhelfen, weil ich etwas vor-leben kann. Vor-Freude auf den Gewinn, den das Älterwerden bringt. Erwachsenwerden ist ein subversives Ideal, schreibt die amerikanische Philosophin Susan Neiman, weil es schwieriger ist, als man denkt: »So schwierig, dass es einem Widerstand gleichkommen kann.« Die Kräfte, die unsere Welt bestimmen, wollen genauso wenig mit Erwachsenen umgehen müssen wie zu Kants Zeiten. Kinder sind gefügigere Untertanen – und Konsumenten. Wie wir an unserer eigenen Unmündigkeit mitwirkten, hat Kant gezeigt: Selbstdenken ist weniger bequem als andere für sich denken zu lassen. Doch die Mittel, mit denen wir heute im Zustand der Unmündigkeit verharren, sind subtiler, unmerklicher und doch wirksam. »Wir werden mit widersprüchlichen Botschaften bombardiert. Die eine Hälfte drängt uns, ernsthafte Menschen zu werden, das Träumen aufzugeben und die Welt so zu akzeptieren, wie sie ist; sie verbreitet das Bild des Erwachsenseins als Kapitulation vor dem Status quo. Die andere Hälfte überschwemmt uns mit Produkten und Vorschlägen, die uns jung halten sollen. Nur selten erhalten wir dagegen ein Bild, das Erwachsensein als das Ideal darstellt, das es sein sollte. Auch wenn das jämmerliche Bild der Mündigkeit nicht explizit von denen geplant wurde, die daran interessiert sind, erwachsene Weltveränderungen zu verhindern, dient es diesen Interessen doch sehr gut. Welche bessere Möglichkeit könnte es geben, die Menschen in selbstverschuldeter Unmündigkeit zu halten, als ein Bild von Mündigkeit zu verbreiten, das keinen vernünftigen Mensch reizen würde?«

Das vorherrschende Bild des Erwachsenseins wird verabreicht wie ein einziges saures Gebräu. So kommt es, dass selbst nachdenkliche Menschen den Entschluss, nicht erwachsen zu werden, als Zeichen von Freiheit und Geist interpretieren. Das Bild vom Auf-Wachsen, das vom körperlichen Wachstum der Kindheit ausgeht, führt in die Irre. Es verleitet dazu, sich das Leben als einen Weg vorzustellen, der stetig aufwärts bis zum Gipfel eines hohen Berges führt, »bevor wir dann – je nach Religionszugehörigkeit oder deren Fehlen – in den Wolken verschwinden oder auf der anderen Seite hinabschlittern. Aber der Weg ist eben nicht stetig. Man erreicht einen Gipfel, der sich als bloßer Vorberg erweist, fasst sich rasch und geht hinunter, um eine Weile über die Hochebene zu wandern, bevor man dann wieder den Aufstieg zu dem nun vermeintlich echten Gipfel beginnen kann. Irgendeine Art Erfolg. Je älter wir werden, desto klarer wird uns, dass die Hochebenen nicht endlos und die Abstürze selten tödlich sind.« Susan Neiman greift das Bild des Philosophen Otto Neurath auf: Wie Seeleute sind wir, die ihr Schiff auf offener See umbauen müssen, ohne es jemals in einem Dock zerlegen und aus besten Bestandteilen neu errichten zu können.

Nachtrag. »Wir brauchen kein Wüten gegen das Sterben des Lichts, sondern ein Wüten gegen das Bild des Alterns als eines des sterbenden Lichts. Denn im Alter scheinen manche Lichter sogar heller.«

17. März

Die beiden Ökonomen David G. Blanchflower und Andreas Oswald befragten eine halbe Million Menschen in zweiundsiebzig Staaten nach ihrem psychischen Wohlbefinden. Ob in Argentinien oder Schweden – in der 2007 veröffentlichten Studie zeigte sich überall dasselbe U-förmige Muster der persönlichen Glückskurve: Mit zwanzig sind die Menschen am zufriedensten, Mitte vierzig (in Deutschland mit durchschnittlich 42,9 Jahren) verdüstert sich die Stimmung, um dann allmählich wieder in jugendliche Höhen zu steigen. Ein schöner Trost: Siebzigjährige, die keine gesundheitlichen Beeinträchtigungen haben, finden sich oft auf dem Glücksniveau von Zwanzigjährigen wieder. Als Ursache des weltweiten U-Turns menschlichen Wohlbefindens vermuten die Forscher:

1. In der Mitte des Lebens erkennt der Mensch, was er aus Altersgründen nicht mehr erreichen kann.
2. Glückliche Menschen leben erwiesenermaßen länger als unglückliche. So sammeln sich im Alter die glücklichen Überlebenden.
3. In der Mitte des Lebens muss der Mensch die niederschmetternde Erkenntnis der eigenen Sterblichkeit verarbeiten.

20. März

Dixit algorismi:

50 plus? Scheiß drauf: Schlägt der Hintern auch Falten, wir bleiben die Alten

Mütter sind auch Menschen. Was Töchter und Mütter voneinander wissen sollten

Zone 40: Frauen werden nicht älter – Frauen werden gelassener

Alt werden ist das Schönste und Dümmste, was einem passieren kann

Entfalten statt liften: Frauen erzählen vom Leben ab 50

Die beste Zeit ist jetzt: Ein Buch für Träumer

25. März

Was auch noch besser wird: Ästhetische Genüsse. Sie werden intensiver. Als Kind hat man mir gesagt, ich solle den Frühlingsanfang genießen – die Zeit der knospenden Bäume, den duftenden Zauber der Blüten, die Pracht der Tulpen und Narzissen. Aber ich war zu beschäftigt, um mich in den Garten zu setzen und hinzuschauen. Immer öfter habe ich Gefühle abgelehnt, die ich empfinden sollte, und gelernt, sie als Kitsch zu bezeichnen. Die schneebedeckten Gipfel der Alpen, die dunkel rauschenden Wälder, ein See im Abendlicht löste in meinen Eltern eine Art andächtiger Stimmung aus, die mich befremdete. Aufforderungen, diese oder jene Aussicht zu bewundern, befolgte ich zum Schein – aber es gab mir nichts.

Heute ist mir gleichgültig, ob ein anderer Mensch den goldenen Sonnenuntergang, den glitzernden Sternenhimmel oder den rosa blühenden Kirschbaum vor meinem Haus kitschig finden könnte. Ich betrachte die Dinge mit meinen Augen und freue mich dran. Manchmal bin ich einfach nur dankbar, das zu erleben: An einem brüllend heißen Sommertag saß ich mit Susanne im Café am Wochenmarkt unter der Markise. Da brach ein Gewitter los, und es regnete in Strömen. Die Marktleute versuchten ihre Ware ins Trockene zu bringen, rannten die Gänge entlang. Die meisten lachten, sogar beim Versuch, die vollgelaufenen Markisen behutsam so zu entleeren, dass das Obst und Gemüse in ihren Ständen nicht im Schwall ertrank. Die Luft war herrlich, das Treiben bunt und fröhlich. Wir haben uns dem Moment hingegeben und einfach nur am Leben gefreut, das sich da gerade erfrischte – und wir mittendrin, dankbar.

Der römische Philosoph Cicero hat in *Cato oder von dem Greisenalter* das gewöhnliche Wunder einer Weinrebe in seinem Garten besungen: »Ich übergehe die Triebkraft selbst aller Erdgewächse, die aus einem so kleinen Feigen- oder Weinbeerkerne oder aus den kleinsten Samenkörnern der übrigen Früchte oder Pflanzen so große Stämme und Äste hervorbringt. Was die Fächser, Setzlinge, Reiser, Ableger, Senker aus sich schaffen, muss es nicht Jeden mit Freude und Bewunderung erfüllen?« Er schließt mit der Frage: »Kann wohl etwas teils für den Genuss erfreulicher, teils für den Anblick schöner sein als sie?«

2. April

Susanne hat angerufen und mich gebeten, der Tochter einer Freundin weiterzuhelfen. Sie will Journalistin werden und sucht einen Praktikumsplatz. Dazu braucht sie aber Arbeitsproben und hat einen Text geschrieben, mit dem sie ihre Eignung unter Beweis stellen will. Ob ich mal draufschauen könnte? Oder ihr vielleicht eine Tür zum Praktikum in einer Redaktion öffnen könnte? Zuerst war ich ein bisschen genervt, weil mir die Zeit und auch die Möglichkeiten fehlen, um jemanden, den ich gar nicht kenne, irgendwo hineinzubugsieren. Dann habe ich doch zugestimmt, denn Susanne ist schließlich eine gute Freundin …

10. April

Wir haben uns vor ein paar Tagen im Café getroffen, und sie hat mir ihren Text gezeigt. Nach ein paar Hinweisen wollte sie ihn noch weiter überarbeiten. Gestern lag er im Postfach, um Längen besser – und ein glückliches Mädchen erzählt mir heute am Telefon, dass sie ein Redaktionspraktikum ergattert hat. Ich habe mich mit ihr gefreut und ihr alle guten Wünsche auf den Weg gegeben. Ein neues Gefühl: Die Befriedigung, die sich einstellt, wenn ich die Gelegenheit nutze, der Welt die besseren Dinge zurückzugeben, die sie mir geschenkt hat. Und vor allem, wenn ich dies an Jüngere weitergeben kann.

Ich entdecke die Freuden der befreiten Großzügigkeit. Ich kann, wenn ich will, ein Geschenk oder ein Kompliment machen, ohne zu befürchten, dass es nach Schleimerei aussehen könnte. Und ich habe längst aufgehört, ständige Kritik und Nörgelei für ein Zeichen von Intelligenz und hohem Anspruch zu halten. Oder Schnelligkeit für einen Ausweis von Jugend.

14. April

»Hi Mum«, schreibt Nick. »Wo du jetzt bald 50 wirst, habe ich mir gedacht, dass du das vielleicht auch lustig findest. Guck mal – youregettingolder.de Kuss, Nick.«

Lotte – Du wirst alt!

Schockschwerenot! Die Nachricht springt mich an, als ich neugierig auf die Seite gehe …

Geburtstag: 17. April 1965
Du bist jetzt 49 Jahre, elf Monate und 27 Tage alt
Du bist 18 238 Tage alt.

Oder, um das mal in die richtige Perspektive zu rücken: Seit deiner Geburt hat der Mond die Erde 679 Mal umrundet. 1275 Geburtstagskerzen haben auf deinen Geburtstagstorten bisher gebrannt. Geatmet hast du bisher 408 385 75 mal. Als du geboren bist, gab es 3 353 028 179 Menschen auf der Erde, heute sind es 7 361 166 330.

Du bist so alt, dass dein Geburtsdatum näher am Ausbruch des Ersten Weltkrieges und an Einsteins Entdeckung der Relativitätstheorie liegt als am heutigen Tag. Du warst einen Monat alt, als Muhammad Ali Sonny Liston in der ersten Runde durch K.o. besiegt hat, fünf Monate alt, als Tom & Jerry Premiere hatten. Als du zwei Jahre alt warst, wurde Che Guevara in Bolivien hingerichtet und Martin Luther King wenig später in Memphis, Tennessee, erschossen. Neil Armstrong, der erste Mann auf dem Mond, tat seinen ersten Schritt da oben, als du vier Jahre alt warst. Die Premiere von Stephen Spielbergs E.T. hättest du kurz nach deinem siebzehnten Geburtstag erleben können. Als das World Wide Web öffentlich wurde, warst du schon 20, und als Freddy Mercury im November 1991 starb, warst du 26 Jahre alt. Zehn Jahre älter warst du, als die US-Streitkräfte im Osten Afghanistans einmarschierten und die Flugzeuge der Terroristen in die Twin Towers krachten. Und 40 Jahre warst du, als der Hurrikan Katrina die amerikanische Golfküste verwüstete, sogar schon 46 Jahre, als Prinz William und Herzogin Kate heirateten und im Mai 2011 Osama bin Laden von amerikanischen Militärs getötet wurde …

Und so weiter und so fort. Es war ganz schön was los in den letzten neunundvierzig Jahren! Einen Moment lang habe ich überlegt, wie sich die losen Enden meiner neunundvierzig Jahre in den bunten Teppich der Weltgeschichte weben lassen und was das alles eigentlich mit mir zu tun hat. Ah, das lese ich noch: *Von hundert Menschen, die am gleichen Tag wie du geboren sind, leben noch 92.* Und: *Mehr als 86 Prozent der Besucher dieser Seite sind jünger als du. Das durchschnittliche Alter der Besucher liegt bei 32 Jahren.*

Was ich hier tue, ist also keineswegs altersgemäß. Netter Versuch, lieber Nick. Hast mich einmal mehr aufs Glatteis gelockt.

16. April

Nie wieder sage ich so was Blödes! Das habe ich mir geschworen. Aber da war es auf einmal, dieses scharfe Ziehen, ein Stich mitten ins Herz: der Augenblick, wenn man eine neue Wahrheit erkennt, wenn man plötzlich das Dreieck sieht, in dem man lebt. Der Wahnsinn, der ausbricht, wenn man von dem Mann, der einem noch kurz zuvor alles gegeben hat, plötzlich mehr will. Noch wenige Augenblicke zuvor war jeder Gedanke weggespült, als die Explosion näher rückte. Nichts fehlt, wenn mir glühende Blitze den Leib furchen, um dann gebündelt einzuschlagen und eine Flutwelle auszulösen, der nur noch die Schaumkrone fehlt, um endlich brechen und sich verströmen zu dürfen … Aber hinterher, wenn der Sturm vorüber ist und nichts als köstliche Verheerung zurücklässt, fahren die Gedanken Karussell und drängen die heimlichsten Wünsche ins Offene. »Geh noch nicht. Bitte«, höre ich mich flehen. »Bitte bleib.« Gerade noch rechtzeitig öffnete ich die Augen, um den Ruck zu sehen, der ihm plötzlich für den Bruchteil einer Sekunde den Rücken aufrichtet. Schon war es zu spät, diesem Satz nachträglich einen Schuss Ironie zu verpassen, den weiblichen Liebestraum zu parodieren und zu einem federleichten Witz umzudeuten. Mit gerunzelter Stirn griff er nach der Uhr. Dann sprang er aus dem Bett und ging ins Badezimmer.

Mit meiner Coolness geht es im Grund schon länger bergab. Immer wieder liege ich nachts wach im Bett und versuche mich zu erinnern, wie er aussieht. Aber kaum habe ich seine Augen deutlich herangezoomt, will mir der Schwung seiner Unterlippe partout nicht mehr einfallen. Da er ein leidenschaftlicher Leser ist, lese ich alles, was er liest. In den Bahnhofsbuchhandlungen der Städte, in denen wir uns manchmal treffen, kaufe ich vor der Rückfahrt umgehend und ohne nachzudenken genau das Buch, das er dabeihatte. Und beim Lesen fühle ich mich ihm ein Stückchen näher, nur weil meine Augen dasselbe lesen, was seine gelesen haben. Das ist wirklich sehr, sehr peinlich, und ich muss daran denken, ihm das wirklich niemals zu erzählen. Auch nicht nur so zum Spaß.

Seine Bemerkungen, die er hier und da fallen ließ, rufe ich mir ins Gedächtnis und probiere seinen Sätzen verschiedene Bedeutungen an. Was hat er eigentlich damit gemeint, als er so leichthin sagte, starke, selbstbewusste Frauen, die wüssten, was sie wollen, zögen ihn magisch an? Für zu Hause allerdings wünschte er sich etwas anderes. Wollte er mich warnen, oder wollte er mir zu verstehen geben, dass er in mir niemals die Frau fürs Leben sehen könnte? Und dass er mich liebt, hat er auch noch nie gesagt. Ich zwar auch nicht, aber trotzdem …

Wahrscheinlich bin ich gerade dabei, alles zu verderben. Nicht, dass ich mir einbilde, dass er zu mir kommen wird, wenn Leander in drei Monaten ausziehen wird. Oder dass wir zusammen woanders hinziehen und schon bald Hand in Hand durch Möbelhäuser wandern und über die Anschaffung von Rattanstühlen fürs Badezimmer oder identische Fernsehsessel debattieren. Aber ich wünsche mir immer öfter, dass er bei mir wäre, und grüble darüber nach, ob das wohl möglich gewesen wäre, wenn ich bei bestimmten Gelegenheiten etwas anderes gesagt oder getan hätte. Wie es wohl wäre, mit ihm zusammenzuleben? Wie kein Zweiter versteht es DHL, kenntnisreich über Rotweine zu plaudern. Er weiß Rosen zu beschneiden und hat's beim Kochen voll drauf. Ein Mann, der sich auf die Liebe versteht und meinem Körper mit aufrichtigem und aufgerichtetem Interesse begegnet. Es ist zu schön, um wahr zu sein. Die Verlockung ist groß, das Vergnügen dauerhaft zu machen. Doch es wird wohl nicht schöner, wenn es wahrer wird. Der Alltag wirkt auf eine leidenschaftliche Liebe wie Tageslicht auf Vampire, das weiß man doch. Hey!

Seinetwegen trinke ich Rotwein heute grundsätzlich nur noch aus bauchigen Gläsern, auch wenn ich vom Rotweintrinken eigentlich Sodbrennen bekomme. Ob ich es wohl in seiner Gegenwart jemals wagen würde, eine Dose Bier zu öffnen und die Füße auf den Tisch zu legen? Wie ein gehetztes Kaninchen springen meine Gedanken zwischen Zukunftsentwürfen und Vergangenheit hin und her. Mein Leben erscheint mir rückblickend als immer schmaler werdender Pfad, von dem viele andere rechts und links abzweigen. War es richtig, hier und da nicht abzubiegen? Hätte ich hier oder dort das ganz große Glück gefunden? Habe ich gelebt, oder wurde ich gelebt? Getrieben von oberflächlichen Begehrlichkeiten, Kleinmut und Pragmatismus?

Ich entwerfe witzige, charmante, poetische SMS-Botschaften, die ich ihm morgen, oder besser: heute Abend schon, schicken könnte, und verwerfe sie gleich wieder. Ich denke mir ein paar beiläufige, aber ungemein schlagfertige Sätze aus, die ich parat haben werde, wenn's drauf ankommt. Und morgen kommt's drauf an, denn morgen werde ich fünfzig. Morgen, nur morgen, könnte ich kokett behaupten, dass ich keinen Sex mehr hatte, seit ich fünfzig wurde. Wenn die blöden Fragen wieder kommen, wie ich mich jetzt fühle. Fifty-fifty halt.

Kein Zweifel, ich bin ganz schön ins Schleudern geraten. Etwas in mir will immer noch fünfzehn sein. Da fällt mir ein Gedicht ein, das ich vor vielen Jahren gelesen und leider vergessen habe. Nur die letzten beiden Zeilen weiß ich noch: »Mit dir zusammen schön langsam alt und verrückt werden. Andererseits, alleine geht es viel schneller.«

Und dann dies. »Weißt du eigentlich, dass wir heute den Hauptgewinn abgeräumt haben?«, rief er aus dem Badezimmer. Ich schrak aus meinen Gedanken. Er lachte und wollte wohl, dass ich aus dem Bett steige und zu ihm unter die Dusche komme. Ich angelte nach meiner Brille und setzte sie auf, denn ich wollte ihn mir noch einmal ganz genau anschauen, bevor ich mich gleich verabschieden müsste von meinem wiederverlorenen Mann. Allerdings ist das helle OP-Licht im Badezimmer so grausam – man sieht nicht nur mehr mit Brille, sondern wird auch besser gesehen. Ich habe kurz gezögert, bin dann aber doch mit Brille und sonst gar nichts hinübergegangen.

Und dann dies: Das ganze Badezimmer war erfüllt von einem warmen, milden Licht. Auf der Ablage neben dem Waschbecken flackerten drei schlanke Kerzen. DHL lag in der Badewanne, lächelte und deutete einladend auf den Schaum vor seinem Bauch, aus dem er unwiderstehlich dreieckig herauswuchs. Der Hermes von Praxiteles, herabgestiegen vom Olymp in die Badewanne von Zimmer 506 des Westin Grand Hotel, die er nun mit mir teilen will. Wie bin ich zu beneiden! »Habe ich dir eigentlich schon gesagt, wie gut du mit Brille aussiehst? So ein bisschen streng. Unheimlich sexy!« Ich wurde verlegen und setzte die Brille schnell ab. Der macht sich lustig über mich, dachte ich. Sieht doch scheiße aus, so 'ne Brille! Auch wenn man damit besser sieht. DHL prustete und nahm mir die Brille aus der Hand. Er setzte sie behutsam auf meine Nase, und dann nahm er auch seine Brille. »Willst du gar nicht wissen, was wir gewonnen haben? Das nennt man Sex aus neunundvierzig, was wir hier gerade gemacht haben«, strahlte er und ließ den Korken aus der Champagnerflasche knallen, die er zusammen mit zwei Gläsern auf die Ablage der Badewanne gestellt hatte. Dann reichte er mir ein Glas, nahm meine Hand, erhob sich aus dem Schaum und drehte uns beide zu dem großen Spiegel gegenüber. Ich wollte weggucken, aber er hielt mich fest. »Schau hin. Zusammen sind wir hundert. Sieht doch ganz gut aus, oder? Wir haben uns supergut gehalten!«

Er küsste mich, ich küsste ihn. Zwei Brillengestelle stießen aneinander. »Alles Liebe zum Geburtstag!«, schnurrte er und schloss mich fest in seine Arme.

Plötzlich war die Unke wieder da. Sie hopste zu uns auf den Rand der Badewanne. Offenbar war sie beschwipst, denn sie kicherte leise und quakte dabei ein Gedicht vor sich hin.

Unk, unk, unk!
Vor Zeiten war ich jung.
Hätte ich einen Mann genommen,
Wär ich nicht in den Teich gekommen.
Unk, unk, unk!
Vor Zeiten war ich jung.

Wir sind jung, und das war schön. Die Herzen empor!

Ein Muss für alle,
deren Kinder nestflüchtig werden

Lotte Kühn
MUTTI ALLEIN ZUHAUS
Vom Leben mit
nestflüchtigen Kindern
256 Seiten
ISBN 978-3-404-60769-3

Jede Mutter weiß das: Kinder kriegt man nicht, um sie zu behalten, sondern um sie eines Tages am Flughafen, an Bahnsteigen oder in klapprigen Autos in ihr eigenes Leben zu entlassen. Und zwar zuversichtlich und mit einem Lächeln! Doch das ist leichter gesagt als getan. Intelligent und witzig, voller Selbstironie und Situationskomik erzählt Lotte Kühn davon wie es ist, wenn Mütter sich durch jahrelangen Einsatz selbst überflüssig gemacht haben und versuchen, jetzt mit den Folgen zu klarzukommen. Ein neues, ungewohntes, freies Leben beginnt…